„BÜCHER SIND WIE FALLSCHIRME. SIE NÜTZEN UNS NICHTS, WENN WIR SIE NICHT ÖFFNEN.“

Gröls Verlag

Redaktionelle Hinweise und Impressum

Das vorliegende Werk wurde zugunsten der Authentizität sehr zurückhaltend bearbeitet. So wurden etwa ursprüngliche Rechtschreibfehler *nicht* systematisch behoben, denn kleine Unvollkommenheiten machen das Buch – wie im Übrigen den Menschen – erst authentisch. Mitunter wurden jedoch zum Beispiel Absätze behutsam neu getrennt, um den Lesefluss zu erleichtern.

Um die Texte zu rekonstruieren, werden antiquarische Bücher von Lesegeräten gescannt und dann durch eine Software lesbar gemacht. Der so entstandene Text wird von Menschen gegengelesen und korrigiert – hierbei treten auch Fehler auf. Wenn Sie ebenfalls antiquarische Texte einreichen möchten, finden Sie weitere Informationen auf www.groels.de

Viel Freude bei der Lektüre wünscht Ihnen das Team des Gröls-Verlags.

Adressen

Verleger: Sophia Gröls, Im Borngrund 26, 61440 Oberursel

Externer Dienstleister für Distribution & Herstellung: BoD, In de Tarpen 42, 22848 Norderstedt

Unsere „Edition | Werke der Weltliteratur“ hat den Anspruch, eine der größten und vollständigsten Sammlungen klassischer Literatur in deutscher Sprache zu sein. Nach und nach versammeln wir hier nicht nur die „üblichen Verdächtigen“ von Goethe bis Schiller, sondern auch Kleinode der vergangenen Jahrhunderte, die – zu Unrecht – drohen, in Vergessenheit zu geraten. Wir kultivieren und kuratieren damit einen der wertvollsten Bereiche der abendländischen Kultur. Kleine Auswahl:

Francis Bacon • Neues Organon • **Balzac** • Glanz und Elend der Kurtisanen • **Joachim H. Campe** • Robinson der Jüngere • **Dante Alighieri** • Die Göttliche Komödie • **Daniel Defoe** • Robinson Crusoe • **Charles Dickens** • Oliver Twist • **Denis Diderot** • Jacques der Fatalist • **Fjodor Dostojewski** • Schuld und Sühne • **Arthur Conan Doyle** • Der Hund von Baskerville • **Marie von Ebner-Eschenbach** • Das Gemeindekind • **Elisabeth von Österreich** • Das Poetische Tagebuch • **Friedrich Engels** • Die Lage der arbeitenden Klasse • **Ludwig Feuerbach** • Das Wesen des Christentums • **Johann G. Fichte** • Reden an die deutsche Nation • **Fitzgerald** • Zärtlich ist die Nacht • **Flaubert** • Madame Bovary • **Gorch Fock** • Seefahrt ist not! • **Theodor Fontane** • Effi Briest • **Robert Musil** • Über die Dummheit • **Edgar Wallace** • Der Frosch mit der Maske • **Jakob Wassermann** • Der Fall Maurizius • **Oscar Wilde** • Das Bildnis des Dorian Grey • **Émile Zola** • Germinal • **Stefan Zweig** • Schachnovelle • **Hugo von Hofmannsthal** • Der Tor und der Tod • **Anton Tschechow** • Ein Heiratsantrag • **Arthur Schnitzler** • Reigen • **Friedrich Schiller** • Kabale und Liebe • **Nicolo Machiavelli** • Der Fürst • **Gotthold E. Lessing** • Nathan der Weise • **Augustinus** • Die Bekenntnisse des heiligen Augustinus • **Marcus Aurelius** • Selbstbetrachtungen • **Charles Baudelaire** • Die Blumen des Bösen • **Harriett Stowe** • Onkel Toms Hütte • **Walter Benjamin** • Deutsche Menschen • **Hugo Bettauer** • Die Stadt ohne Juden • **Lewis Caroll** • *und viele mehr....*

Josephine Siebe

Kasperle ist wieder da

Inhalt

Der kleine alte Kasperlemann 6
Von einem Kasten, einer Katze, einer Lampe und sehr viel Mißgeschick 12
Ein sonderbares Ereignis 19
Alte Freunde finden sich 27
Großes Gelächter und noch größeres Geschrei 36
Schutzmänner wundern sich, daß es Kasperles gibt 45
Große Gesellschaft 53
Allerlei Hindernisse 62
Die Kasperles spielen 71
Kasperle steigt aufwärts und wieder abwärts 78
Die Kasperles kommen in Leipzig an 89
Kasperle auf der Leipziger Messe 99
Die Kasperles im Kino 106
Was die Kasperles wert sind 112
Eine ganz kuriose Geschichte 123

Der kleine alte Kasperlemann

Als der Weltkrieg zu Ende war, fing ein kleiner alter Mann wieder an zu arbeiten. Er hatte, wie so viele Leute, sein erarbeitetes Geld verloren und mußte nun wieder mit der Arbeit beginnen. Er war Kasperlemann, das heißt, er zog von Jahrmarkt zu Jahrmarkt, von Messe zu Messe mit seiner Kasperlebude. Das Budchen besaß er noch, denn von dem hatte er sich nicht trennen mögen, auch die Puppen waren noch da und so zog nun Herr Hirsebrei mit seiner Frau Mariechen eines Tages auf die Leipziger Messe. Es war um die Osterzeit, alles blühte und grünte schon, die große Stadt lag eingebettet in einen Kranz frischer grüner Wälder und der Kasperlemann Hirsebrei sagte zu seiner Frau Mariechen: „Man sollte lieber spazierengehn als immer Kasperlespiele machen." Ja, zum Spazierengehn hatte er auch reichlich Zeit, denn die Kinder, die vor der Kasperbude sitzen und lachen sollten, die fehlten.

Woher das nur kam?

Das Budchen war da, die Kasperles waren da, aber die Kinder kamen nicht. „Ich kann's nicht mehr," sagte Herr Hirsebrei zu Frau Mariechen, „ich hab's verlernt."

„Unsinn, es sind zu viele Kasperle-Theater da," antwortete die Frau, „du kannst es noch sehr gut. Solche Witze wie du machen nicht viele, aber sieh nur, dort steht ein ganz großes neues Theater und dort eins und da stehen die Kinder herum, wir müssen unsere Kasperles neu anstreichen und neu anziehen."

Damit war Meister Hirsebrei einverstanden, aber erst nach der Messe, sonst klebten sie, und mit Kasperles, die kleben, kann man nicht spielen.

„Mir ist's recht." Frau Mariechen war mit allem zufrieden, was ihr Mann wollte. Aber sie fing doch immer an, neue Anzüge für die Kasperlepuppen zu nähen, damit es schneller ging. So saß sie dann da und nähte Kasperlestaat und manchmal nahm sie auch den Teller und sammelte ein. Es kam aber wenig Geld ein und manchmal war der Gewinn nur ein

Hosenknopf. Da hatte sich so ein Büblein gesagt: Geld ist rund und Hosenknöpfe sind auch rund, also kann man auch Hosenknöpfe geben.

Das stimmte nun nicht, und die arme kleine Frau Mariechen ärgerte sich nur, wenn sie einen Hosenknopf fand, denn alle konnte sie ihrem Manne doch nicht annähen.

So ging die Leipziger Messe vorbei und das Ende vom Lied war, daß die armen Kasperleleute nur wenig Geld hatten, nicht einmal so viel, um mit der Bahn nach Weimar zum Jahrmarkt zu fahren. Da zog Herr Hirsebrei seinen alten Kasperlewagen aus dem Schuppen und das Ehepaar zog wieder wie ehedem mit dem Karren übers Land. Zuerst nach Thüringen und dann nach Franken. Dort in dem Städtchen Torburg lernte Meister Hirsebrei einen uralten Kasperlespieler kennen. Der wohnte in einem kleinen uralten Hause, er zog nicht mehr zu Jahrmarkt und Messe hinaus, denn dazu war er zu alt. Er ging also und sah sich Meister Hirsebreis Spiel an und so lernte ihn Meister Hirsebrei kennen. „Ich spiele schlecht," sagte Meister Hirsebrei traurig, „ich hab's verlernt." „Sie spielen ganz gut," antwortete der alte Meister, der Drillhose hieß. „Aber die Kinder kommen nicht mehr zu mir!"

„Die Kinder wissen nicht, was ein gutes Kasperlespiel ist, es sind neumodische Kinder, die für Kino und Rundfunk schwärmen. Ja, wenn sie mein altes Kasperle sehen würden, da würde ihnen ein Licht aufgehen!"

„Was ist denn das, Ihr altes Kasperle?"

„Ja, das ist ein echtes Kasperle."

„Das gibt es ja gar nicht."

„Doch, es ist davon geschrieben worden."

„Ach, die Leser sind dumm, echte Kasperles gibt es nicht."

„Doch, die gibt es: ich habe eins."

Meister Hirsebrei machte große Augen, dann aber lachte er und spottete: „Wenn Sie ein echtes Kasperle hätten, dann wohnten Sie nicht in einem so armen, kleinen Häuschen, sondern hätten viel Geld verdient, denn ein echtes Kasperle würde die Leute anlocken."

„Da haben Sie recht, aber mein Kasperle schläft. Als mein Vater ein ganz junger Bursche war, ist es eingeschlafen, es hatte sich müde gekaspert."

„Warum haben Sie es nicht aufgeweckt?"

„Weil es dann stirbt."

„Ja, vom Aufwecken stirbt man doch nicht."

„O doch, wenn man ein Kasperle ist."

„Wissen Sie das so genau?"

„So ziemlich. Mein Großvater war der alte Kasperlemann, mit dem das echte Kasperle einmal herumgezogen ist, der es damals gerettet hat: Peringel, den Schlingel."

„Was? Peringel, den Schlingel, das weltberühmte Kasperle wollen Sie haben? Das glaube ich nicht!"

„Glauben Sie es nur, es ist so."

„Aber wo ist der Peringel?"

„In meinem Kasten."

„Den muß ich sehen."

„Wenn ich es erlaube, es hat noch niemand Peringel, den Schlingel, gesehen als mein Vater und ich und meine Frau Luise, die ist aber schon tot."

„Wie alt sind Sie denn?"

„Fünfundsiebzig Jahre. Als ich geboren wurde, schlief Peringel, der Schlingel, ein, und seitdem warte ich auf das Aufwachen."

„Fünfundsiebzig Jahre!"

„Ja, fünfundsiebzig Jahre. Eine lange Zeit, aber Peringel, der Schlingel, war auch so müde, als er einschlief, er konnte gar nicht mehr richtig kaspern, es fielen ihm keine Späßchen mehr ein und mein Vater sagte, er wird lange schlafen, hoffentlich erlebst du es noch, daß er aufwacht."

„Wie kann man so lange schlafen!" Der Meister Hirsebrei kam aus dem Verwundern nicht heraus.

„Oh," sagte Meister Drillhose, „das vorige Mal hat er über achtzig Jahre geschlafen, und ich weiß noch ein Geheimnis."

„Was für ein Geheimnis?"

„Das darf ich nicht sagen."

„Hängt es mit Kasperle zusammen?"

„Mit einem anderen Kasperle. Aber ich sage nichts weiter."

„Wo ist denn das andere Kasperle?"

„Das sage ich nicht."

„Hier in Torburg?"

„Das sage ich nicht."

„Auch in Ihrem Kasten?"

„Das sage ich nicht."

„Ist's auch ein echtes Kasperle?"

„Das sage ich nicht."

„Steht es auch in den Kasperlebüchern?"

„Das sage ich nicht."

Dem Meister Hirsebrei wurde das ewige „Das sage ich nicht" zu dumm, er stand auf und sagte, er müsse nun kaspern lassen.

„Das ist gut, ich sehe zu."

„Soll ich Ihnen etwas vorkaspern? Sie können es ja doch besser."

„Ich kann nicht mehr spielen, nur Kasperle konnte es."

„Zeigen Sie ihn mir?"

„Vielleicht!“

„Wann?“

„Ich sage es nicht.“

Da fing Meister Hirsebrei zu kaspern an und dachte, der alte Drillhose belügt mich, der hat gar kein Kasperle. Er spielte mit seinen Puppen, so gut er konnte, und die paar Kinder, die gekommen waren, lachten. Auf einmal aber rief ein rechter Dreikäsehoch: „Das sind keine echten Kasperle!“

„Gibt’s gar nicht!“ brummte Meister Hirsebrei.

„Doch, in Büchern steht es.“

„Da steht viel Unsinn.“ Meister Hirsebrei war schlechter Laune, so ärgerte er sich, und die Kinder ärgerten sich noch mehr. Die liefen fort und vergaßen selbst die Hosenknöpfe in den Sammelteller zu tun. Als Frau Mariechen kam, liefen sie davon wie die Mäuse, wenn die Katze um die Ecke blickt.

Da weinte Frau Mariechen und Meister Drillhose legte eine Mark in den Sammelteller, er sagte dabei: „Ihr Mann spielt sehr gut, beinahe als hätte er es von Peringel, dem Schlingel, gelernt. Er soll heute abend zu mir kommen und Sie sollen mitkommen.“

Da dankte Frau Mariechen sehr für die freundliche Einladung, sie fragte auch nicht, ob sie das Kasperle sehen würde, sie dachte, kommt Zeit, kommt Rat.

Am Abend gingen dann die Kasperleleute zu Meister Drillhose. Von den Leuten, die noch auf dem Festplatz waren, blieb niemand vor dem Kasperlebudchen stehen, Meister Hirsebrei konnte es zuschließen, denn die Kinder waren alle im Bett.

Meister Drillhose hatte schon auf seine Gäste gewartet. Er bewohnte in dem uralten Häuschen, das ihm gehörte, im Erdgeschoß zwei Zimmer. In dem einen stand eine große, buntbemalte Truhe.

„Darin liegt Kasperle,“ sagte Meister Drillhose gleich, als das Ehepaar eingetreten war.

„Kann ich es sehen?“ Meister Hirsebrei war sehr neugierig, am liebsten hätte er den Kasten gleich aufgemacht, aber Meister Drillhose wehrte ab: „Sachte, sachte, erst muß Madame Käsewurm kommen.“

„Wer ist denn das?“

„Na eben Madame Käsewurm. Da drüben in dem Häuschen wohnt sie, sie ist meine Nachbarin.“

Meister Drillhose sah zum Fenster hinaus und sah drüben ein windschiefes, uraltes Häuschen, an dem sich ein Rosenstock emporrankte. Schneeweiße Gardinen schimmerten hinter den Fenstern, die spiegelblank geputzt waren. Vor den Fenstern blühten bunte Blumen, überhaupt sah das ganze Häuschen blitzsauber aus.

„Dort wohnt meine Nachbarin Madame Käsewurm.“

„Wie kann man Käsewurm heißen!“ rief Meister Hirsebrei.

„Wie kann man Hirsebrei heißen!“ rief Meister Drillhose, und der Kasperlemann rief lachend: „Wie kann man Drillhose heißen!“ Da lachten alle drei über die wunderlichen Namen und Frau Mariechen sagte: „Ich bin eine geborene Schlippermilch, das ist auch so ein kurioser Name. Aber wer ist das?“

Aus dem Hause gegenüber war ein altes Dämchen getreten, klein und fein, in ein staubgraues Kleid gehüllt, stand sie vor ihrem Häuschen wie ein Bild aus alter Zeit.

Als sie Herrn Drillhose sah, winkte sie und sagte: „Ist der Kasperlemann da?“

„Ja,“ antwortete Meister Drillhose.

„Ist er nett?“

„Ja,“ klang’s wieder zurück.

„Ist er wert, Kasperle zu sehen?“

„Ja."

„Das ist gut, dann komme ich."

Und das feine kleine Dämchen stelzte in ihrem weitgebauschten Kleid über die Gasse und trat nach ein paar Minuten bei Meister Drillhose ein.

Von einem Kasten, einer Katze, einer Lampe und sehr viel Mißgeschick

Madame Käsewurm war eigentlich keine Madame, sondern ein altes Fräulein, aber Meister Drillhose fand es klüger und reputierlicher, Madame zu sagen, also sagte er Madame, und das Fräulein Käsewurm ließ sich die Madame gefallen. Sie tänzelte lächelnd in das Zimmer und rief: „Ach Meister Drillhose, wie geht es unserem Kasperle?"

„Es schläft."

„Immer noch der Faulpelz."

Das war ein Witz, den Madame Käsewurm jedes Jahr dreihundertfünfundsechzigmal machte, denn sie fragte jeden Tag nach Kasperle und bekam jeden Tag die gleiche Antwort. Und dreihundertfünfundsechzigmal im Jahr lachte Meister Drillhose über den Witz und heute lachte Meister Hirsebrei mit.

„Man muß es aufwecken," sagte der.

„Wie denn?"

„Mal kitzeln."

Aber Meister Drillhose und Madame Käsewurm sagten, das dürfe man nicht tun, es könnte Kasperle schaden.

„Aber wo ist es denn?" rief Meister Hirsebrei, der anfing ungeduldig zu werden.

„Abwarten und Tee trinken." Herr Drillhose war nicht sehr für die Eile, er wollte lieber alles in Gemütsruhe machen. Er ging also langsam zu dem

Kasten hin, öffnete ihn so langsam, als hätte er Angst, das Kasperle könnte ausreißen.

Meister Hirsebrei und Frau Mariechen zappelten vor Ungeduld, sie konnten es beide gar nicht erwarten, Kasperle zu sehen, und dabei hob Meister Drillhose ganz langsam den Deckel.

So langsam. Meister Hirsebrei trat von einem Bein auf das andere und sagte schließlich: „Wird's bald?"

Klapp – ging der Deckel wieder zu. „Abwarten und Tee trinken," brummte Meister Drillhose und setzte sich auf den Kasten. Dazu machte er ein Gesicht, als wollte er sagen: Nun gerade nicht.

Da erhob Madame Käsewurm ihr feines, hohes Stimmlein und fragte etwas spöttisch: „Werden wir Kasperle vor Mitternacht sehen?"

„Ja, doch nur nicht so eilig." Jetzt war Meister Drillhose ganz schlechter Laune. Er rutschte aber doch von seinem Sitz herab und schickte sich an, den Kasten wieder zu öffnen.

In diesem Augenblick lief eine große schwarze Katze ins Zimmer und Meister Drillhose schrie entsetzt: „Die Katze, die Katze!" und klapp ließ er den Deckel wieder zufallen.

„Was ist denn mit der Katze?" Meister Hirsebrei sah verdutzt auf seinen kleinen Kollegen, der sich wieder auf den buntbemalten Kasten gesetzt hatte. Er stammelte: „Die Katze muß naus."

„Warum denn?" Meister Hirsebrei fand, vor einer Katze brauche man sich nicht zu fürchten.

„Sie beißt ihn!"

„Wen, Kasperle?"

„Ja, Kasperle!"

„Ach, Unsinn."

„Ist kein Unsinn. Die Katze muß naus."

Da fingen Meister Hirsebrei und Frau Mariechen an, die Katze zu jagen. Die wollte aber nicht hinaus. Sie sprang auf einen Schrank und fauchte wütend von oben herunter.

„Sie muß naus!"

„Es ist ein ekliges Tier." Meister Hirsebrei war ganz wütend, er machte husch, husch, aber die Katze fauchte weiter.

„Man muß einen Besen holen," riefen Frau Mariechen, Meister Drillhose und Madame Käsewurm.

„Wo ist ein Besen?" Meister Hirsebrei sah sich suchend um.

„Holen Sie einen," sagte Madame Käsewurm zu Meister Drillhose.

Doch der schüttelte den Kopf: „Ich kann nicht vom Kasten herunter. Draußen im Flur steht der Besen."

Da ging Meister Hirsebrei hinaus, den Besen zu suchen. Zuerst fiel er beinahe die Kellertreppe hinab, dann stieß er sich an einem Schrank, dann purzelte er über einen Eimer, dann riß er einen Kleiderständer um und dann fand er einen Besenstiel, aber es war kein Besen dran.

„Wo ist denn der Besen?"

„Der liegt im Schrank, er muß erst angenagelt werden."

„Wo sind denn Nägel?"

„Auf dem Boden."

„Und der Hammer?"

„Im Keller."

Das war Meister Hirsebrei doch zu umständlich, er sagte: „Ich nehme den Stiel, sie wird schon fortgehen."

Aber die Katze ging nicht herunter. Sie fauchte und mauzte den Besenstiel an und blieb auf dem Schrank sitzen.

„Ich klettere hinauf," sagte Meister Hirsebrei mutig. Aber Meister Drillhose schrie: „Sie kratzt, sie kratzt!"

Und wirklich sah das Katzentier aus, als wollte es sehr schlimm kratzen. Es fauchte und mauzte immer heftiger und der mutige Herr Hirsebrei bekam Angst.

„Gehen Sie zum Nachbarn und holen Sie einen Besen," riet Madame Käsewurm.

„Wo wohnt denn da jemand?"

„Im Hause, zwei Treppen."

Da stieg Herr Hirsebrei zwei Treppen hoch und fand eine alte Frau. Die wollte ihm aber keinen Besen geben; erst als sie hörte, die Katze wäre unten im Zimmer, holte sie einen herbei. Sie sagte aber: „Damit bringen Sie die nicht vom Schranke herunter, wo die sitzt, da sitzt sie." Es schien beinahe so, als ob die alte Frau recht hätte, denn die Mieze ließ sich auf dem Schrank nicht stören, sie fauchte und mauzte und – blieb sitzen.

Einmal fuhr Meister Hirsebrei mit dem Besen aus Versehen Meister Drillhose über den Kopf, dann warf er ein Glas um, aber – die Katze blieb sitzen.

Endlich wurde ihr das Gestoße aber doch zu bunt, sie mauzte und sprang Madame Käsewurm auf den Schoß und das alte Fräulein schrie laut auf vor Schreck. Darüber erschrak wieder die Katze und sie sprang an das Fenster, wollte hinaus und – klirr ging die Scheibe in Stücke.

Meister Drillhose dachte, Meister Hirsebrei wäre es mit dem Besen gewesen und rief: „Was machen Sie?"

Da brummte Meister Hirsebrei: „Das wußte ich auch noch nicht, daß man zu einer Katze Sie sagt."

Darüber mußte das alte Fräulein lachen und Frau Mariechen lachte auch und zuletzt lachten alle vier und Meister Hirsebrei rief: „Es ist fast, als wäre die Katze ein Kasperle gewesen!"

Holla, ja Kasperle! „Jetzt mache ich auf!" rief Meister Drillhose und ging an den Kasten. Er hob ganz vorsichtig ein wenig den Deckel und da – ging die Lampe aus.

Was ihr einfiel, wußte kein Mensch. Herr Drillhose sagte nachher, daran wäre der Besen schuld gewesen, aber Meister Hirsebrei wollte davon nichts wissen. Jedenfalls war die Lampe aus, ganz aus und – klapp fiel auch der Deckel vom Kasperlekasten zu, denn ohne Licht kann man kein Kasperle sehen.

Es war wirklich erschrecklich dunkel im Zimmer und Meister Hirsebrei schalt: „Warum haben Sie auch nur so 'ne alte Petroleumfunzel und kein elektrisches Licht?"

„Weil das 'ne ganz dumme neumodische Einrichtung ist und ich ein alter Mann bin und das Altmodische liebe. Gehen Sie, holen Sie die Flurlampe."

Da ging Meister Hirsebrei und holte die Flurlampe, und als er damit zur Tür hereintrat, kam wieder ein Luftzug und – aus war die Lampe.

„Das ist verhext!" rief Meister Drillhose.

„Um's Himmelswillen, wo ist die Hexe?" Das alte Fräulein war sehr abergläubisch und es dachte wirklich, irgendeine Märchenhexe säße im Ofenwinkel und bliese die Lampen aus.

„Unsinn," brummte Meister Hirsebrei. „Ich habe Streichhölzer, ich zünde die Lampe an." Er griff nach dem Zylinder und schrie „au" und – klatsch, da lag der Zylinder, er war noch heiß gewesen.

„Das kommt vom Unsinnsagen, und so ein neumodischer Mensch kann auch nicht mal eine Lampe anzünden. Passen Sie auf, das mache ich geschickter." Meister Drillhose nahm den Zylinder ab, zündete die Lampe an, setzte den Zylinder auf und – klirr ging der in Splitter.

„Er hat schief gesessen," rief Madame Käsewurm, „holen Sie eine andere Lampe."

„Ich habe keine mehr."

„Na, im Dunkeln kann man doch Kasperle nicht sehen."

„Dann muß ich ihn morgen zeigen."

„Ich gehe eine Lampe holen," rief Meister Hirsebrei, dem die hilfsbereite Nachbarin einfiel.

Aber Meister Drillhose sagte: „Lampen hat niemand mehr, da muß ich zum Krämer gehen und Zylinder holen."

„Aber der hat schon zu," warf das alte Fräulein ein.

„Ich geh' hinten hinein."

So geschah es auch. Aber der Krämer war ausgegangen und Meister Drillhose kehrte ohne Zylinder heim.

„Mir fällt ein, ich habe noch eine Lampe, da hole ich den Zylinder."

Also ging Madame Käsewurm, die das gesagt hatte, den Zylinder holen. Sie kam auch damit zurück, er paßte auch und Meister Drillhose zündete die Lampe an, ohne daß er platzte.

„Nun können wir Kasperle sehen," rief Meister Hirsebrei froh.

„Nicht so eilig," wehrte sein Kollege, „so etwas muß mit Bedacht geschehen."

„Ich glaube," sagte das alte Fräulein ängstlich, „die Lampe geht aus, es wird so dunkel."

Klapp ließ Meister Drillhose wieder den Deckel fallen. Er stammelte: „Wie kann denn die Lampe ausgehen?"

„Sie hat kein Petroleum." Madame Käsewurm hob den Behälter auf, er war leer.

„Man muß welches nachgießen." Frau Mariechen dachte sich das ganz einfach, aber so einfach war das nicht. Es stellte sich nämlich heraus, daß auch die Petroleumkanne leer war.

„Man muß die andere Lampe umfüllen." Frau Mariechen wußte wieder Rat, aber der Rat konnte nicht ausgeführt werden, denn auch die andere Lampe war leer.

„Ich hole Wachskerzen," sagte das alte Fräulein und trippelte wieder hinunter, die Kerzen zu holen. Nach einer Weile kam sie ohne Kerzen wieder. Sie hatte die Schlüssel verloren. Ein hastiges Gesuche entstand, aber die Schlüssel fanden sich nicht.

„Man muß zu Meister Nipple, dem Schlosser, gehen," rief Meister Drillhose.

Er lief selbst, da seine alte Freundin einverstanden war, um den Schlosser zu holen. „Er wird auch nicht zu Hause sein," vermutete Madame Käsewurm. Er war aber zu Hause, nur lag er im Bett und hatte Leibschmerzen, da konnte er nicht kommen und das Schloß aufmachen. Aber ein winziges Restchen Petroleum gab er Meister Drillhose in einer Flasche mit. Meister Drillhose lief eilig nach Hause, schon an der Haustüre rief er: „Ich habe Petroleum."

„Wo?"

„Hier."

Und – pardauz lag Meister Drillhose mitsamt der Flasche auf der Treppe; er war über die Katze gefallen.

Nun war guter Rat teuer. Bei dem einen dürftigen Licht, das Meister Drillhose noch besaß, konnte man Kasperle nicht sehen, so behauptete wenigstens der alte Kasperlemann und Madame Käsewurm sagte auf einmal: „Mir ist die Sache unheimlich. Gewiß geschieht etwas, wenn wir das Kasperle heute ansehen. Wir wollen bis morgen warten."

„Ja, wir wollen bis morgen warten." Meister Drillhose war mehr wie zufrieden damit, denn es tat ihm schon leid, daß er sein Kasperle zeigen sollte.

Wer nicht einverstanden war, das war Meister Hirsebrei, aber was half es ihm, das Kasperle bekam er heute nicht gezeigt. Er mußte sich auf morgen vertrösten, und um seine Neugier recht groß zu machen, sagte nun auch noch Madame Käsewurm:

„Vielleicht, aber nur vielleicht, zeige ich Ihnen morgen mein Geheimnis."

„Was ist das für eins?"

„Das verrate ich nicht."

„Ist's auch ein Kasperle?"

„Ich verrate nichts."

„Lebt es auch oder schläft es?"

„Ich verrate nichts."

Da lief Meister Hirsebrei davon, und wenn ihm Frau Mariechen nicht gut zugeredet hätte, wäre er überhaupt davon gelaufen, er glaubte nämlich nicht mehr an das Kasperle.

„Morgen!" rief Meister Drillhose nach.

„Morgen!" rief Madame Käsewurm.

Aber da war Meister Hirsebrei schon um die Ecke gelaufen. Er ging an diesem Abend sehr wütend ins Bett und sagte zu allem, was ihm Frau Mariechen erzählte: „Paß auf, es gibt gar kein lebendiges Kasperle mehr. Ich glaube nicht daran. Meister Drillhose hält uns zum Narren."

Ein sonderbares Ereignis

Am nächsten Abend hatte Meister Hirsebrei gar keine Lust, zu Meister Drillhose zu gehen, er sagte: „Mit dem Kasperle ist es doch nur eine Lügengeschichte, das gibt es nicht."

Aber Frau Mariechen bat und bat: „Laß uns doch hingehen, ich glaube an das Kasperle."

Da ließ sich Meister Hirsebrei endlich erweichen und ging mit, aber gleich an der Türe rief er: „Geht die Lampe wieder aus?"

„Nein, ich habe auch Petroleum im Vorrat."

„Und Zylinder?"

„Auch Zylinder."

„Au!" schrie Meister Hirsebrei, es krachte, es splitterte, Meister Hirsebrei hatte sich auf die Zylinder gesetzt.

„Sie dürfen sie nicht auf den Stuhl legen.“

„Sie dürfen sich nicht draufsetzen, man setzt sich nicht auf Zylinder.“

„Aber auf Stühle.“

So stritten sich die beiden eine Weile herum, bis Madame Käsewurm sagte, es wäre besser, nicht zu streiten, sondern einen Zylinder zu holen, sonst bekäme man das Kasperle wieder nicht zu sehen.

„Das bekommt man ohnehin nicht zu sehen.“ Meister Hirsebrei war mißtrauisch.

„Warum denn nicht?“ fragte Madame Käsewurm.

„Weil es kein Kasperle gibt.“

„Oho, wer sagt das?“

„Ich!“

„Der, der daran zweifelt, ist sehr dumm.“ Meister Drillhose war in heller Wut und Meister Hirsebrei war beleidigt.

Sie hätten sich wohl wieder gestritten, wenn Frau Mariechen und Madame Käsewurm nicht zum Frieden gemahnt hätten. Endlich gaben sich die beiden die Hand, Meister Drillhose sagte: „Nun wird Kasperle gezeigt.“

Er öffnete wieder den Deckel vorsichtig, ließ ihn wieder fallen und sagte: „Ist auch die Katze nicht im Zimmer?“

„Nein!“ riefen alle, „nun machen Sie endlich auf!“

Da machte Meister Drillhose endlich den Kasten weit auf und darin lag wirklich ein Kasperle und schlief.

Wirklich ein lebendiges Kasperle.

Sein unnützes Kasperlegesicht sah ganz sanft und ruhig im Schlafe aus, es lag da, die Hände gefaltet, als wäre es eben eingeschlafen.

„Der ist von Wachs,“ rief Meister Hirsebrei.

„Unsinn, er ist lebendig.“ Meister Drillhose war empört, daß man sein Kasperle für Wachs hielt.

Aber Meister Hirsebrei war ein ungläubiger Thomas, der mußte doch erst sehen, ob es Wahrheit war, daß Kasperle lebte. Er zog geschwind aus Mutter Mariechens Federhut eine Feder heraus und kitzelte Kasperle an der Nase.

Da geschah ein Wunder.

Kasperle nieste. „Hatzi, hatzi!“ Ganz laut und vernehmlich und auf einmal schlug Kasperle groß und rund seine Augen auf. Es war erwacht.

„Hatzi, hatzi!“ Kasperle nieste und nieste, als wollte es alles von den fünfundsiebzig Jahren nachholen: „Hatzi, hatzi!“

„Sie haben ihm einen Schaden zugefügt,“ rief Meister Drillhose leise.

„O nein,“ rief Kasperle. „So ’n bißchen Nießen schadet nichts. Aber wo ist denn der Oskar?“

Kasperle sah sich mit verwunderten Augen rings um, sah auch Meister Drillhose an, als hätte es ihn nie gesehen, aber der sagte: „Oskar heiße ich, Oskar Drillhose.“

„O nä, der ist doch nicht alt, das ist ’n ganz junger Mann.“

„Aber Kasperle glaub’ mir’s doch, das war mein Vater, der ist tot und ich bin alt geworden, du hast aber auch fünfundsiebzig Jahre geschlafen.“

„Potzwetter, das ist lange.“ Kasperle steckte vor Erstaunen sein Bein in den Mund und dann sagte er: „Wo ist Frau Marlenchen?“

„Die ist lange tot.“

Da fing das Kasperle an furchtbar zu weinen, die Wahrheit machte es erschrecklich traurig. Plötzlich aber erfaßte ihn ein großer Zorn, er schrie: „Warum haste mich schlafen lassen?“

„Ich konnte dich nicht erwecken.“

Kasperle sann nach. Was Meister Drillhose sagte, war wohl recht und auf einmal fiel ihm ein, daß Marlenchen ihn gewarnt hatte, aus einem

Fläschchen zu trinken, und daß er doch getrunken hatte. Davon war er gewiß eingeschlafen. Er seufzte tief und Meister Hirsebrei sagte: „Ist's wirklich ein ganz richtiger Kasper, kein Mumpitz?"

Schwupp – hatte er eine Ohrfeige weg, die nur so knallte, und Kasperle schrie: „Ich bin kein Mumpitz, ich bin ein echtes lebendiges Kasperle, so eins wie ich bin, gibt es nur einmal in der Welt."

„Das ist nicht wahr," rief Madame Käsewurm, die bis dahin ganz stillgewesen war. „Ich habe auch ein lebendiges Kasperle!"

„Das ist nicht wahr!"

Schwuppdiwupp war Kasperle aus seinem Kasten herausgeturnt und saß auf dem Kleiderschrank. „Das ist nicht wahr, das ist nicht wahr. Andere lebendige Kasperles gibt's nicht, ich bin das einzige."

„Stimmt nicht, meines soll sogar ein Prinz sein."

„Ein Prinz!" Kasperle riß den Mund vor Erstaunen weit auf, der Prinz Bimlim fiel ihm ein, die Kasperleinsel, Mister Stopps, Prinzessin Gundolfine, Marlenchen, Meister Severin, an alle mußte er denken, und ein gewaltiger Schmerz überkam ihn, nicht nur Marlenchen, auch alle anderen waren tot. Nur der Kasperleprinz lebte, Bimlim, der auch ein Kasperle war wie er, und große Sehnsucht erfüllte ihn, den Kasperleprinzen zu sehen. Kasperle wußte in seinem Schmerz und seiner Sehnsucht sich keine andere Hilfe als zu weinen und er weinte nicht sanft und leise, er heulte laut nach echter Kasperleart, er heulte so sehr, daß Meister Drillhose Angst bekam, die ganze Gasse könnte es hören. Er sagte mitleidig: „Aber Kasperle, Meister Friedolin hat doch noch meinem Großvater erzählt, du wüßtest nichts mehr von allem, wenn du geschlafen hast."

„Ich habe doch so kurz geschlafen, nur fünfundsiebzig Jahre, nicht mal ausschlafen kann man."

„Erst hast du dich beklagt, daß man dich nicht geweckt hat."

„Dumm, dumm," schrie Kasperle, „eine Nacht schlafen und ausschlafen ist doch ein Unterschied, ausschlafen heißt achtzig Jahre schlafen. Zu dumm."

„Na Kasperle, sei nicht frech."

Da mußte Kasperle lachen, ein bißchen laut war es schon, es lachte so laut, daß Meister Drillhose nun wieder dachte, die ganze Gasse müßte glauben, er wäre verrückt geworden.

„Kasperle, du bist übergeschnappt," schrie er.

„Warum?" Kasperle riß den Mund weit auf vor Erstaunen.

„Weil du so lachst!"

„Huch, ich bin doch ein Kasperle. Kasperles werden nicht verrückt."

„Es ist aber unschicklich."

„Huch, ich habe Sehnsucht."

„Nach was denn?"

„Nach Mittagessen und dem anderen Kasperle."

Nach Mittagessen hat doch kein Mensch in deutschen Landen um 8 Uhr abends Sehnsucht, und Meister Drillhose fiel es schwer aufs Herz, daß er ein armer Mann und Kasperle ein Vielfraß war. Das wußte er noch aus seiner Jugendzeit, daß sein Vater oft geklagt hatte über das Geschlinge Kasperles. Nicht satt zu kriegen war der gewesen. Als er gerade darüber nachdachte, daß er Kasperle nur ein Butterbrot geben konnte, sagte Madame Käsewurm: „Ich habe zu Hause einen Kuchen, vielleicht ißt Kasperle davon ein Stück."

Was Kuchen war, wußte Kasperle noch, das hatte er nicht verschlafen, er schlug einen Purzelbaum und schrie: „Huch Kuchen, fein, den esse ich auf."

„Doch nicht den ganzen?" rief das alte Fräulein.

„Ja, den ganzen Kuchen."

„Ja," sagte Madame Käsewurm, „dann dürfen wir das andere Kasperle nicht wecken, denn für zwei Kasperles langt er dann nicht."

„Aber Mister Stopps gibt uns Geld, der ist reich."

„Ach, Mister Stopps ist lange tot."

Wieder wurde das Kasperle traurig und klagte: „Sind denn alle tot?"

„Aber Kasperle, wie kann man fünfundsiebzig Jahre schlafen und denken, alle leben noch, die damals gelebt haben. Sie waren doch alle schon alt, als du eingeschlafen bist. Denke doch, Marlenchen war schon Großmutter, nun lebt ihre Urenkelin hier," sagte Meister Drillhose.

„Warum denn hier? Wo bin ich denn?"

Kasperle hatte wirklich sehr viel verschlafen, er wußte nicht einmal mehr, daß er in Torburg eingeschlafen war, ja er wußte nicht einmal, daß er früher in Torburg gelebt hatte. Erst als ihm Meister Drillhose von Torburg und den alten Freunden erzählte, wachte sein Gedächtnis mehr und mehr auf und zuletzt rief er: „Aber wie heißen die Urenkel meiner alten Freunde, die hier leben?"

„Rosemarie Severin, diese ist eine Ururenkelin von Meister Severin und ein sehr kluges Mädchen, sie geht auf das Gymnasium und ist Erste in der Sexta."

„In was?" rief Kasperle und riß seine Augen weit auf, denn wie soll ein Kasperle wissen, was es bedeutet, Erste in einer Sexta zu sein. Meister Drillhose wollte es ihm erklären, aber Kasperle fragte nur: „Spielt sie mit mir wie Marlenchen?"

„Das glaube ich nicht. Das tut vielleicht Marlenchen Michael, die Urenkelin von dem berühmten Geiger Michael, sie geigt zwar auch."

„Was tut sie?"

„Sie geigt."

„Kann denn ein Mädchen so etwas?"

Kasperle war doch sehr dumm. Er wußte gar nicht, was Mädchen heute alles können, und als er gar hörte, Liebetraut Severin wollte Malerin werden, da schrie er kläglich: „Ist denn kein vernünftiger Junge da, der mit mir hopsen kann? Was soll ich denn machen, wenn alle so erschrecklich viel lernen?“

„Da ist Michael Florizel und Henry Stopps, das sind zwei wilde Jungens, sie gehen mit Rosemarie Severin in eine Klasse.“

„Huch, dann lernen sie auch?“

„Lernen müssen alle Kinder. Marlenchen und das Prinzlein haben doch auch mit dir gespielt und dabei doch gelernt.“

„Na ja, aber das Spielen war die Hauptsache. Können denn die Kinder heute noch kaspern?“

„Das können sie schon, Kinder kaspern immer.“

„Lebt denn der Herzog noch?“

„Welcher Herzog?“

„August Erasmus.“

„Ach, du Dummkopf, wie soll denn der noch leben, der wäre ja über hundert Jahre alt! Es lebt aber noch ein Prinzlein August Erasmus, das ist das, das mit Henry Stopps in die Schule geht.“

„Prinzen gehen doch nicht in die Schule.“

„Doch, heute tun sie es.“

Das wollte dem Kasperle alles nicht in den Kopf. Lauter fremde Kinder, die alle fleißig lernten, wie sollte es da mit seinem Kaspern werden. Er gähnte gewaltig und sagte, er werde wieder einschlafen. Da wußte aber Meister Hirsebrei ein Zauberwort. Er sagte: „Ich denke, Madame Käsewurm hat einen Kuchen und ein anderes Kasperle.“ Heida, da machten Neugier und Hunger das Kasperle wieder munter, er purzelbaumte über den Tisch weg, riß beinahe die Lampe um und landete auf dem Schoß von Madame Käsewurm.

„Die Lampe, die Lampe!“ schrien Meister Hirsebrei und Meister Drillhose wie aus einem Munde.

„Es ist kein rechtes Licht, Sie müssen elektrisches Licht haben,“ sagte Meister Hirsebrei, der sehr für elektrisches Licht schwärmte.

„Was ist denn das?“ Kasperle hatte das Wort noch nie gehört.

„Licht, das man bloß anzudrehen braucht, dann brennt es.“

„Brennt man sich?“

„Nein, man brennt sich nicht.“

Kasperle staunte Bauklötze. Es rief: „Das muß ich sehen!“

„Komm zu mir, da kannst du es sehen,“ sagte Madame Käsewurm.

„Du gibst mir auch Kuchen, ich habe recht lange keinen Kuchen gegessen.“

„Ja, fünfundsiebzig Jahre. Das ist lange.“

„Nein kurz, wenn man doch schläft.“

Da hatte Kasperle recht. Aber wer außer einem Kasperle kann fünfundsiebzig Jahre schlafen? Nicht einmal ein Murmeltier.

„Aber nun kommt, wir wollen jetzt mein Kasperle aufwecken,“ rief Madame Käsewurm.

„Wie heißt es, Bimlim?“

„Das weiß ich nicht, Kasperles haben keinen Namen.“

„Doch, ich heiße Peringel.“

„Der Schlingel,“ vollendete Meister Drillhose und Kasperle lachte, denn ihm fiel ein, daß man ihm wirklich den Namen gegeben hatte.

„Nun aber hinüber,“ rief Meister Hirsebrei.

„Ja, zum Kasperle und zum Kuchen“.

Da liefen alle über die Straße und Kasperle staunte wieder Bauklötze, als er ein Auto daherfahren sah.

„Das fährt ohne Pferde!“ schrie er und zappelte wie ein Frosch.

„Es ist doch ein Auto.“

„Was für ein Ding?“

Kasperle kannte kein Auto, Kasperle kannte vieles nicht und Kasperle wäre beinahe vom Auto überfahren worden. Da nahm ihn Meister Hirsebrei auf den Arm und trug ihn über die Straße in das Haus, in dem Madame Käsewurm wohnte.

Alte Freunde finden sich

Als Madame Käsewurm die Haustüre aufmachte, drehte sie das elektrische Licht an und Kasperle geriet in die höchste Verwunderung, wie es auf einmal so strahlend hell wurde. Eilfertig stürzte es auf das geheimnisvolle Ding zu, patsch – standen alle im Dunkeln und Meister Hirsebrei fiel beinahe die Treppe hinauf, er schrie: „Aufdrehen, Licht machen!“

Kasperle dachte, nun muß ich andersrum drehen, und ehe ihn jemand hindern konnte, drehte und drehte er und – da war die Sache kaputt.

So etwas!

Die Kasperlespieler merkten, daß ein lebendiges Kasperle auch seine Dummheiten macht, und Meister Drillhose sagte: „Das kann ja gut werden, wenn Kasperle alle Neuheiten ausprobieren will. Der fährt noch mit einem Luftschiff.“

„Huch!“ Kasperle hielt sich den Bauch vor Lachen.

„Warum lachst du denn so?“ fragte Meister Hirsebrei.

„Weil man doch nicht mit einem Schiff in der Luft herumfahren kann.“

„Doch, kann man.“

„Kann man nicht. Ist ’ne Schwindelei.“

Kasperle war nicht zu belehren und Meister Drillhose sagte: „Man muß ihm alles zeigen. Es gibt sehr viel Neues in der Welt, seit Kasperle damals eingeschlafen ist."

„Was denn noch?"

„Radio zum Beispiel."

„Ist das was zum Essen?"

„Oh du Schafsköpfle, du Mondkälble," rief Meister Drillhose, „du mußt noch viel lernen."

„Nie!"

„Was nie?"

„Mag nicht lernen."

„Du wirst schon müssen."

„Nie."

„Was denn wieder nie?"

„Mag nicht müssen."

Sie standen noch alle in dem dunkeln Hausflur und stritten, denn Madame Käsewurm war gegangen, ein Licht zu holen. Als sie damit kam, hörte sie gerade Kasperles letztes Wort und sie sagte ganz streng: „Jeder muß im Leben, jetzt mußt du langsam die Treppe hinausgehen, sonst fällst du."

„Nie," rief Kasperle wieder und purzelbaumte eins zwei die Treppe hinauf und oben war er. Das ging freilich flinker als bei den drei alten Leuten, die nur langsam die Treppe erstiegen. Oben knipste Madame Käsewurm wieder und Kasperle wollte es wieder nachmachen. Da bekam er eins auf die Hände, das war derb, und Kasperle fing ein Mordsgebrüll an.

„Sei doch still," rief Madame Käsewurm, „sonst weckst du noch meinen Kasperleprinzen auf, und wie soll man zwei Kasperle satt kriegen."

„Das ist wahr," sagten die beiden Kasperlespieler, „einer ist genug."

„Es klopft," schrie Kasperle, „jemand kommt."

Es klopfte wirklich, und das alte Fräulein lief zur Türe und machte sie auf, während Meister Drillhose sein Kasperle hinter eine spanische Wand schob; niemand sollte es sehen.

Vor der Tür aber stand niemand, kein Nasenspitzle war zu sehen.

„Wer ist da?" schrie Meister Hirsebrei.

„Ich," ertönte eine Stimme.

„Wer ist ich?" fragte das alte Fräulein.

„Ich," tönte es wieder zurück.

„Wer ist ich?" fragte nun Meister Drillhose lauter.

„Ich," klang es wieder.

„Zum Donnerwetter, wer ist ich?" Jetzt wurde der Meister böse, aber wieder erklang es nur: „Ich."

Das ist doch eine merkwürdige Geschichte. Meister Drillhose wunderte sich, und Meister Hirsebrei wunderte sich und auch das alte Fräulein wunderte sich. Wer sich nicht wunderte war Kasperle, der hatte die Stimme wohl erkannt, denn so redete nur ein Kasperle, und er rief: „Das war ein Kasperle, ein Kasperle steht vor der Türe."

„Himmel, mein Kasperle!" Madame Käsewurm stürzte auf einen schöngezierten Schrank zu und öffnete den und zum allgemeinen Erstaunen spazierte ein Kasperle heraus. Es war zwar gekleidet wie ein feiner Rokokoherr, aber an seiner großen Nase und den frechen Glitzeraugen erkannte man das Kasperle.

„Bimlim," schrie Kasperle Peringel, dem auf einmal einfiel, daß er das Rokokokasperle schon vor vielen, vielen Jahren gesehen hatte. Das Prinzlein sah sich um. Es sah die fremden Menschen, sah Kasperle und gähnte. „Ich habe geschlafen", sagte es. „Uah, ich hab noch nicht ausgeschlafen. Uah."

Und damit drehte er sich um und spazierte in den Schrank zurück und wollte weiterschlafen, doch Peringel, der Schlingel, zupfte ihn an der Nase und zog ihn aus dem Schrank heraus: „Hier geblieben," rief er, „jetzt kaspern wir zusammen."

„Uah, ich bin doch so müde."

„So war er immer," schrie Peringel, „er hat immer geschlafen. Ich muß ihn stupsen," und er stupste ihn, aber ordentlich.

Da wurde der Prinz etwas munterer, sah Peringel an und fragte: „Wo kommst du denn her?" Gerade als hätten sie sich gestern getrennt, so klang es.

„Von dem Monde." Kasperle kobolzte über einen Stuhl und riß beinahe Madame Käsewurm samt dem Stuhl um. Aber Meister Hirsebrei sprang noch hinzu und hielt die alte Dame auf.

„Vom Monde?" Bimlim riß seine Augen weit auf, als sollten sie so groß wie Vollmonde werden. „Das ist aber weit. Wie lange warst du denn unterwegs?"

„Er glaubt's, er glaubt alles!" Kasperle überschlug sich fast vor Vergnügen und Bimlim fing an zu weinen. „Er lacht mich aus."

„Das sind ja zwei nette Kerle, die spielen Kasperletheater ohne mein Zutun," rief Meister Hirsebrei.

„Ich spiele nicht Kasperletheater, so was kann ich nicht."

„Na was machst du dann?" fragte Meister Drillhose.

„Ich esse."

„Ist 'n bißchen wenig." Meister Hirsebrei schüttelte den Kopf.

„Und schlafe."

„Ist auch zu wenig."

Knurrrknurrr ging es da los und Madame Käsewurm schrie: „Ihre Katze, Meister Drillhose, sie beißt mein Kasperle."

Jemine war das Prinzlein flink auf dem Tisch, auf einmal konnte es springen.

Kasperle aber bog sich vor Lachen: „Das war mein Magen. Wenn man fünfundsiebzig Jahre geschlafen hat, hat man doch Hunger."

„Ich habe auch Hunger," schrie der Prinz.

„Wo ist denn der versprochene Kuchen?" fragte Meister Drillhose.

Ja, wo war er?

Es fand sich, daß Bimlim darauf saß.

„Mein schöner Kuchen, ganz breit hat er ihn gesessen!"

„Der kleine Kuchen," rief Kasperle erschrocken, „wie soll man davon satt werden?" und ehe es sich jemand noch recht versah, hatte Kasperle den Kuchen unter Bimlim vorgezogen und schluck, schluck hatte er ihn verschlungen.

„Ich will auch was."

Da wollte Madame Käsewurm in ihre Speisekammer gehen und Brot holen, aber die beiden Kasperles sagten, Brot wäre nicht genug.

„Was soll es denn noch sein?"

„Wurst und Schinken und Eingemachtes und –"

„Da könnte ich ja meinen ganzen Vorrat bringen."

„Mal ansehen, was da ist," bettelte Kasperle.

Und Madame Käsewurm war so unschuldsvoll und ließ sich von den beiden Kasperles in ihre Speisekammer begleiten und eins zwei drei waren die Eßvorräte gefressen, denn gegessen war das nicht, es war geschlungen, wie zwei Wölfe fielen die beiden über alles her, sogar einen großen Topf voll saurer Gurken aßen die beiden auf.

Madame Käsewurm aber ging weinend in die Stube. „Nun habe ich nichts mehr zu essen," klagte sie, „und das Kasperle kann ich nicht satt kriegen, ach wenn es doch wieder einschlafen möchte!"

Das sagte Meister Drillhose von seinem Kasperle auch, die beiden Schelme aber wollten nichts mehr vom langen Schlaf wissen.

Sie merkten aber doch, daß die vier alten Leute in Sorgen waren, und Peringel, der Schlingel, sagte treuherzig: „Immer essen wir nicht so viel."

„Und wenn ihr viel weniger eßt, wir können euch überhaupt nicht satt kriegen, wir sind arm."

„Was ist denn das?" fragte Bimlim.

„Wir haben kein Geld."

„Was ist denn das?"

„Huch, er ist immer noch so dumm wie er war," rief Peringel, aber das Prinzlein sagte:

„Ich bin nicht dumm, ich bin das echte Kasperle."

„Unsinn, das bin ich, so 'n Kasperle wie mich kannst du suchen."

„Streitet euch nicht," rief Meister Hirsebrei, „mir ist etwas eingefallen."

„Was denn?" fragten alle.

„Was Gutes."

„Wenn es nur nicht wieder rausfällt," rief Kasperle naseweis.

„Mund halten und zuhören."

„Was wollen Sie denn sagen?" fragte Madame Käsewurm.

„Ja, was denn?" fragte Meister Drillhose.

„Er will, wir sollen kaspern," schrie Peringel, „los Bimlim."

„Unsinn, still."

„Bimlim still, wir sollen nicht kaspern."

„Halt doch die Klappe!" Meister Hirsebrei wurde wütend, aber Bimlim sagte: „Was soll ich halten?"

„Den Schnabel."

„Ich habe keinen Schnabel, ich habe einen Mund, ich bin doch kein Vogel." Bimlim war beleidigt, aber Meister Hirsebrei war auch beleidigt: „Wenn alle dazwischen reden, kann ich nicht sagen, was ich will," rief er.

„Ich habe kein Wort gesagt." Nun war Meister Drillhose auch beleidigt und Madame Käsewurm sagte etwas spitz: „Ich habe gar nicht geredet."

„Nein, wir haben nichts gesagt." Meister Drillhose sah wütend auf Meister Hirsebrei, nur Frau Mariechen sagte nichts, desto lauter schrie Kasperle: „Es wird nichts Vernünftiges sein, was er sagen will."

„Doch, es ist etwas sehr Wichtiges."

„Na, dann sag's doch."

„Stille."

„Ich bin ja stille."

Kasperle war nun auch beleidigt, und Meister Hirsebrei sah in lauter beleidigte Gesichter und er rief: „Nun sag' ich's nicht."

„Was denn?"

„Was ich sagen wollte."

„Was wolltest du denn sagen?"

„Daß wir zu Kasperles alten Freunden gehen wollen."

„Die sind doch tot!" schrie Kasperle.

„Zu den Urenkeln," meine ich.

„Was sollen denn die?"

„Geld fürs Kasperle geben."

„Ach so, das war der Plan."

Als Meister Drillhose das sagte, merkte Meister Hirsebrei erst, daß er seinen Plan enthüllt hatte, und er brummte wieder: „Nicht ausreden läßt man mich." Zu seinem Verdruß schüttelte nun auch noch Meister Drillhose den Kopf, und Madame Käsewurm schüttelte ihn noch heftiger und dann sagten sie beide wie aus einem Munde: „Unsinn, die haben kein Geld.“

„Was ist denn das?“ fragte Bimlim wieder und Kasperle schrie zornig:

„Die haben kein Geld.“

„Sie hatten es, sie sind verarmt. Die Michaels waren reich und die Severins auch, nun sind sie arm.“

„Jemine,“ schrie Kasperle, „das ist aber schlimm.“

„Ja, sehr schlimm.“

„Aber was zu essen haben sie schon noch für mich.“

„Wohl kaum.“

Da senkte Kasperle die Nase, er fand das gar nicht hübsch. Aber auf einmal glitzerten seine Äuglein, er schrie: „Aber Mister Stopps war doch so schrecklich reich.“

„Halt,“ rief Meister Drillhose, „zu dem kannst du auch gehen, er ist der Enkel von deinem alten Mister Stopps und er ist wirklich sehr reich. Er hat seinen Enkel bei sich, aber er ist ein schnurriger Herr.“

„Dann kaspern wir ihm was vor, da wird er schon lachen. Nicht wahr, Bimlim?“

„Uah, uah, ich bin so müde.“

„Aber essen willste?“

„Ja freilich.“

„Dann mußt du auch kaspern, wer essen will, muß kaspern,“ schrie Peringel, der Schlingel.

„Weiß der Himmel,“ sagte Meister Hirsebrei und schlug sich auf sein Knie, „du bist ja ein ganz vernünftiger Kasper. Wer essen will, muß erst kaspern.“

„Na ob! Ich bin auch mal in die Schule gegangen,“ schrie Kasperle.

„Kannst du denn lesen?“

„Nä."

„Schreiben?"

„Nä."

„Rechnen?"

„Nä."

„Was kannste dann?"

„Nischt. Es ist so lange her, ich habe alles verschlafen."

Als Kasperle „verschlafen" sagte, fing Bimlim gleich wieder zu gähnen an: „Uah, uah, ich bin so müde."

„Aber du hast doch 150 Jahre geschlafen," rief Meister Drillhose.

„Uah, das ist doch nichts, ich habe eben noch nicht aus - ausgeschlafen - geschlafen."

„So ein Faulpelz," rief Meister Hirsebrei.

Aber das nahm Madame Käsewurm übel. Faulpelz wollte sie ihr Kasperle nicht schelten lassen. Sie nahm ihn und trug ihn in ihr eigenes Bett und Peringel sprang nach und bald schliefen die beiden wieder fest. Meister Drillhose aber sagte: „Es ist gut, daß sie schlafen, ich hatte schon Angst, sie hätten sich überschlafen."

„Überfressen eher," rief Meister Hirsebrei, „hoffentlich finden wir jemand, der uns die beiden satt macht."

„Ja, hoffentlich," sagten auch die andern.

„Vielleicht schlafen sie wieder achtzig Jahre."

„Am besten wär's," antworteten die Kasperlespieler der alten Dame, „heutzutage ist selbst mit einem echten Kasperle nichts anzufangen."

Großes Gelächter und noch größeres Geschrei

Am andern Tag lief Meister Hirsebrei in aller Herrgottsfrühe in die Gasse, in der Madame Käsewurm wohnte. Er wollte sehen, ob die Kasperles wieder erwacht waren. Heimlich hoffte er, sie schliefen noch, würden überhaupt das Aufwachen wieder, wer weiß wie lange, verschlafen. Doch die beiden waren putzmunter, sie saßen im Bett und lachten wie Kinder vor Kasperlebuden lachen.

„Was haben Sie denn?" brummte Meister Hirsebrei und sah Madame Käsewurm an, der das Weinen näher war als das Lachen. Sie wußte offenbar nicht für was sie sich entscheiden sollte, für das Lachen oder das Weinen.

Als aber das Kasperle schrie: „Nichts wie Loch," da lachte sie doch.

„Was haben Sie denn?" fragte Meister Hirsebrei zum zweitenmale, und auch Meister Drillhose fragte es, der eben in die Stube trat.

„Löcher in den Hosen," sagte Madame Käsewurm und hielt Kasperles grünseidene Kasperleshosen hoch, die waren ganz und gar von oben bis unten zerschlissen und Bimlims Höslein und seidenes Röcklein, die Madame Käsewurm auch zeigte, waren nicht besser.

„Was soll ich denn anfangen?" rief das alte Fräulein verzweifelt, „nun haben sie nicht mal Hosen."

„Mach uns welche," riet Kasperle.

„Das kann ich nicht, Jungenhosen habe ich noch nie gemacht."

„Huch, doch keine Jungenhosen, Kasperlehosen," schrie Peringel und wäre, so wie er war, über den Tisch gepurzelbaumt, wenn Meister Drillhose ihn nicht gehalten hätte. „Hiergeblieben. Und richtige Jungenhosen werden gekauft. Kasperlehosen kriegt ihr später zum Kaspern, aber auf der Straße müßt ihr in Jungenhosen gehen."

„Nä," schrie Kasperle.

„Ich mag nicht," schrie der Prinz.

Aber das Geschrei half ihnen wenig, Meister Drillhose ging selbst, die Jungenhosen, Schuhe und Strümpfe kaufen, nachdem er vorher den beiden Maß genommen hatte. Er ging und blieb nicht allzulange aus, denn das Kleidergeschäft war um die Ecke herum. Er brachte zwei blaue Matrosenanzüge, die den beiden Kasperles gar nicht gefielen. „Man kann darin nicht kaspern,“ jammerte Peringel. Und schwuppdiwupp schlug er einen Purzelbaum über Tisch und Stühle und riß sich ein Dreieck in seine neuen Hosen.

Meister Drillhose drohte mit dem Stock, und Madame Käsewurm schalt.

Peringel aber lachte. Er lachte wirklich.

Meister Hirsebrei fand das frech. Peringel, der Schlingel, aber sagte: „Ihr wißt gar nicht, wie Kasperles sind.“

Da schwiegen die drei alten Leute, denn das wußten sie wirklich nicht, sie dachten wieder, das Aufwachen war recht überflüssig, was sollen wir in unserer Armut mit zwei Kasperles, die so viel essen und Hosen zerreißen und wer weiß was noch anstellen.

„Jetzt gehen wir,“ rief auf einmal Meister Hirsebrei.

„Wohin?“

„Zu Herrn Stopps.“

„Ach, der wird auch nicht helfen.“

„Er muß helfen.“ Kasperle schlug schon wieder einen Purzelbaum, doch ohne ein neues Loch in die Hose zu reißen. Und Madame Käsewurm fragte: „Mußt du denn immer Purzelbäume machen?“

„Ja doch, es ist fein, Probier's mal.“

Aber Madame Käsewurm zeigte keine Lust, sich in ihren alten Tagen aufs Purzelbaumen zu verlegen, sie sagte: „Das ist dumm, das können jetzt alle Kinder.“

„Können sie nicht,“ schrie Kasperle beleidigt und dabei flog er wie ein Gummiball auf den Schrank, Himmel und pardauz, da lag Madame Käsewurms gute Kaffeetasse am Boden.

„Du bist doch arg schlimm,“ schalt die alte Dame und machte ein ganz böses Gesicht, und flugs machte ihr Kasperle das Gesicht nach. Dafür bekam er einen derben Katzenkopf, und das alte Fräulein erklärte, Peringel wäre viel ungezogener als Bimlim.

„Dafür heißt er auch Peringel, der Schlingel,“ sagte Meister Drillhose. „Aber nun wollen wir zu Herrn Stopps gehen. Kasperles betragt euch manierlich.“

Das war leichter gesagt als getan. Kaum waren die beiden Kasperlespieler auf der Straße, da fuhr ein Auto vorbei. „Nimm dich in acht,“ schrie Meister Hirsebrei.

Das Auto sehen und nachrennen war eins für Peringel. Weil das Rennen nicht schnell genug ging, purzelbaumte er, und die alten Kasperlespieler und Bimlim standen da und staunten dem Auto und dem purzelbaumenden Kasperle nach.

Das Auto fuhr flink, Kasperle war auch flink und auf einmal heida, heida, schoß er in das Auto hinein, gerade einem dicken Herrn auf den Bauch.

„Uff,“ sagte der.

„Puff,“ sagte Kasperle.

„Wo kommst du denn her. Wer bist du denn?“

„Kasperle. Wer bist du denn?“

„So ein frecher Bengel nennt mich du!“ Der dicke Herr war ganz erstaunt über dieses Maß von Frechheit, aber Kasperle war nicht minder erstaunt, daß er frech sein sollte. Er hatte bisher doch alle Menschen mit du angeredet. Darum sagte er: „Ich bin doch nicht frech, ich bin doch nur ein Kasperle.“

„Wer bist du?“

„Ein Kasperle.“

„Wer . . . . . ?“

Weil Kasperle dachte, der Herr höre schwer, schrie er laut: „Kasperle Peringel . . . . .“

„Schlingel,“ schrie der Herr, „ich bin doch nicht taub, was willst du mir denn da für eine Lügengeschichte aufbinden.“

Stopp! hielt das Auto mitten auf der Straße. Der Fahrer drehte sich um und fragte: „Wo warst du so lange?“

„Ich habe geschlafen.“

„Wie lange?“

„Fünfundsiebzig Jahre.“

„Das ist lange,“ schrie der dicke Herr, „ich hab mal sechsunddreißig Stunden geschlafen, da dachten schon alle, ich wäre tot, aber weil ich so geschnarcht habe . . . . .“

Es hörte aber niemand auf ihn, denn Kasperle brüllte mitten hinein in seine schöne Rede: „Du bist Mister Stopps!“ Und heidi hoppsasa turnte Peringel über den dicken Herrn weg und fiel dem Fahrer um den Hals.

„Du kennst mich doch gar nicht,“ sagte der.

„Doch, ich kenne dich und deine Frau, die Prinzessin Gundolfine.“

„Er meint meinen Großvater,“ sagte der Herr.

„Gelt du bist Mister Stopps?“ fragte Kasperle eindringlich.

„Herr Stopps bin ich schon, aber nicht der, den du gekannt hast. Nun erzähle mal, wo du zuhause bist, und wie bist du denn hereingekommen ins Auto?“

„Hereingesprungen ist er, mir gerade auf den Bauch,“ klagte der dicke Herr.

„Ich hab's nicht gehört,“ sagte Herr Stopps.

„Du bist wohl taub,“ schrie Kasperle.

„Er duzt Sie auch,“ sagte der dicke Herr, der Möller hieß.

„Na ja, er ist doch ein Kasperle.“

„Er ist ein Wunder, ich werde ihn kaufen und verkaufen."

„Ich gehe nicht mit dir," schrie Kasperle erschrocken.

„Mein Großvater hat ihn mal für zwei Millionen gekauft, ihn aber dann wieder hergeben müssen," erzählte Herr Stopps.

„So viel Geld?" staunte der andere, „das würde ich nicht für so 'n dummes Ding geben," sagte Herr Möller.

„Davon ist auch Torburg wieder aufgebaut worden und darum heißt eine Straße Stopps-Straße. Aber nun erzähle mal Kasperle, wo du herkommst, oder besser warte, erzähle mir alles zu Hause, im Auto versteht man sich doch nicht so gut. Da ist mein Haus."

Es war ein großes, schönes Haus, vor dem das Auto hielt, und Kasperle spazierte vergnügt hinein. Er vergaß die alten Kasperlespieler und Bimlim, die durch die Straßen liefen und ihn suchten, denn sie hatten nicht erkannt, wer in dem Auto saß.

„Willst du essen?" fragte Herr Stopps.

„Ja!" schrie Kasperle und riß seinen Mund auf, als sollte ein gebratenes Hühnchen hineinspazieren.

„Wieviel Bissen hast du heute schon gegessen?"

„Gar nicht viel," sagte Kasperle, obgleich er schon ein halbes Brot vertilgt hatte.

„Ich esse jeden Morgen zehn Bissen und zu Mittag fünfundzwanzig Bissen und zum Abend wieder fünfundzwanzig Bissen, dazwischen nochmal zehn Bissen, das sind siebzig Bissen den Tag. Wieviel ißt du Kasperle?"

„Das weiß ich nicht."

„Du mußt aber zählen, wenn du mir versprichst zu zählen, gebe ich Geld für dich."

Das war eine schwere Sache und Kasperle sagte ganz kläglich: „So weit kann ich nicht zählen."

„Wie weit kannst du denn zählen?“

„Bis drei,“ schrie Kasperle und hielt vier Finger hoch.

„Dann werde ich aufpassen, daß du nicht zuviel ißt. Jetzt bekommst du etwas zu essen.“

Kasperle fand das gar nicht nett, daß ihm die Bissen in den Mund gezählt werden sollten, und als er ein Stück Kuchen bekam und Herr Stopps sagte: „Das sind acht Bissen, wir wollen mal zählen, dabei lernst du es gleich,“ machte er kein vergnügtes Gesicht.

„Eins,“ sagte Herr Stopps, „sage nur nach, was ich sage, also eins, zwei .....“

„Eins, zwei,“ sagte Kasperle.

„Wo ist denn der Kuchen!“ rief Herr Stopps.

„Runter!“ schrie Kasperle.

„Das waren acht Bissen, ich hab's ausprobiert,“ rief Herr Stopps ärgerlich.

„Bei mir waren es zwei und das ist einer,“ und mit diesen Worten steckte Kasperle einen ganzen Mohrenkopf in den Mund.

Herr Stopps war starr, so etwas war ihm noch nicht vorgekommen.

„Für dich muß ich das Essen besonders ausrechnen,“ sagte er, „du darfst nur zwanzig Bissen täglich essen.“

„Das ist zu wenig,“ schrie Kasperle, „hundert Bissen will ich.“

„Das ist viel zuviel, aber erst mußt du zählen lernen.“

„Mit Kuchen,“ schrie Kasperle und steckte eine Sahnenschnitte in den Mund, „eins,“ dann griff er nach einem Käsekuchen, aber Herr Stopps rief: „Das ist zu teuer.“

Da machte Kasperle ein Gesicht wie einstmals die Prinzessin Gundolfine, und Herr Stopps schrie: „Er sieht wie meine Großmutter aus!“

„Teufels Großmutter war das," brummte Kasperle, aber Herr Stopps hatte das doch verstanden und nahm es sehr übel. Er fuhr Kasperle an: „Was sagst du da?"

„Teufels Großmutter hieß das Gesicht immer, wenn ich kasperte, ich kann noch mehr Gesichter machen." Und flugs sah er aus wie der alte Herr Stopps.

O Kasperle, das war dumm.

Herr Stopps nahm den Großvater noch mehr übel als die Großmutter, und als gar Kasperle sagte: „Ich kann auch ein Gesicht wie du machen," da sagte er zu seinem Freund Möller: „Ich werde Kasperle nauswerfen."

Kasperle fing ein Mordsgebrüll an und Herr Stopps schrie erschrocken: „Still, still!"

Aber Kasperle war nicht still, er dachte, wenn ich recht schreie, gibt er mir vielleicht den Kuchen, der noch übrig ist und vergißt das Nauswerfen. Aber Herr Stopps vergaß nur das Kuchengeben, nicht das Nauswerfen. Er rief seinen Diener und sagte zornig: „Das ist ein unverschämter Kerl, der muß nausgeworfen werden."

„Es ist doch ein Kasperle," rief Herr Möller, „es soll zu mir kommen, ich will es für meine Kinder behalten."

Aber das wollte Kasperle nicht. Er purzelbaumte über den Diener hinweg und war draußen, ehe sich einer noch recht besonnen hatte. Draußen auf der Straße stieß Kasperle heftig jemand an, und eine Stimme rief: „Kasperle, wo kommst du denn her?"

Es war Meister Drillhose, der so sagte, und Meister Hirsebrei und Bimlim standen auch dabei. Da erzählte Kasperle seine Erlebnisse, und er dachte, er werde nun sehr bedauert werden. Aber es kam anders. Meister Hirsebrei schalt, und Meister Drillhose schalt noch viel mehr und beide sagten, zuhause werde es Kasperle schlimm ergehen. Kasperle heulte laut, so laut, daß sich die Vorübergehenden umsahen. „Was fehlt denn dem Kind?" fragte eine Dame.

„Er ist ungezogen."

„Was hat er denn gemacht?“

„Das,“ schrie Kasperle, dem das Gefrage dumm vorkam, und schnitt der Dame ein Gesicht, wie es weiland die Prinzessin Gundolfine gemacht hatte, wenn sie schlechter Laune gewesen war. Und sie war oft schlechter Laune gewesen.

„Uh je!“ Die Dame prallte zurück und schrie: „Das ist ja gar kein Kind, das ist ein Kobold!“

„Nä,“ rief Kasperle, „das bin ich nicht, ich bin ein Kasperle.“

„Das gibt es ja gar nicht, Kasperles sind nicht lebendig, die sind von Holz.“

„Ich bin nicht von Holz,“ und huppdiwupp purzelte Kasperle über die Dame hinweg, daß sich diese gleich in den Straßenschmutz setzte.

Meister Drillhose schalt, Meister Hirsebrei schalt, wer aber nicht schalt, das war die Dame. „Den Kasper muß ich haben! Was kostet so ein Ding?“

„Ich bin kein Ding, ich koste zwei Millionen,“ schrie Kasperle die Dame an, als wäre die stocktaub.

„Zwei Millionen ist zu viel,“ rief die Dame, „aber mein Mann muß mir so ein Kasperle kaufen, weil ich so viel Langeweile hab. Ich bin Frau Möller.“

Weg war Kasperle. Er dachte: „Nun kauft sie mich, das ist die Frau von dem dicken Mann.“

„Wo ist Kasperle?“

„Da rennt er!“ Bimlim tat zum ersten Mal seinen Mund auf.

„Hole ihn doch, Bube,“ rief die Dame.

Da rannte Bimlim Kasperle nach, und beide rannten mehr Menschen um, als bei Glatteis hinfielen. Sie sahen nicht rechts, nicht links, rannten und rannten. Bimlim holte Kasperle nicht ein, und der wäre noch wer weiß wohin gelaufen, wenn nicht plötzlich ein starker Mann „Halt!“ gerufen und eine grobe Faust fest zugepackt hätte.

Ein Schutzmann stand da, dick und groß wie ein Baum.

„Warum rennst du so?“ fragte er.

„Weil mich Frau Möller kaufen will,“ rief Kasperle kläglich.

„Holla, hier werden keine Menschen gekauft, das ist Lüge.“

„Ich bin auch kein Mensch.“

„Wer bist du denn?“ fragte der Schutzmann verwundert.

„Ein Kasperle.“

„Das gibt’s nicht.“

„Doch das gibt es. Der da ist auch ein Kasperle.“ Peringel zeigte auf Bimlim.

Da nahm der Schutzmann den auch beim Kragen und rief: „Marsch fort zur Wache wegen falscher Namensangabe. Kasperles gibt’s nicht!“

„Doch, die gibt’s, ich will dir zeigen was ich kann.“

„Man duzt keinen Schutzmann.“

„Wie soll ich denn sagen?“ rief Kasperle verwundert.

„Sie natürlich.“

„Also Sie, ich will dir zeigen, was ich kann.“

„Du bist frech.“

„Ich bin ein Kasperle.“

Da kam ein anderer Schutzmann, Leute sammelten sich an und der erste Schutzmann dachte, ausreißen können sie nicht, und ließ die beiden los.

Peringel flüsterte Bimlim etwas zu und dann schrie er: „Platz da, ein Kasperle kommt!“

Und eins, zwei, drei purzelbaumte er den Leuten über die Köpfe hinweg, und Bimlim, der es nicht so gut konnte, schlug allen Leuten mit den Beinen ins Gesicht.

Aber das Ausreißen gelang nicht. Der zweite Schutzmann holte Kasperle ein, einer faßte Bimlim, der ihn gerade an die Nase gestoßen hatte, und dann mußten alle beide mit auf die Wache gehen. Sie schrien und jammerten sehr, aber es half ihnen alles nichts, sie wurden abgeführt.

Schutzmänner wundern sich, daß es Kasperles gibt

Auf die Wache gebracht zu werden, ist nicht angenehm. Kasperle fand es sogar sehr unangenehm und er zeterte und schrie, daß die halbe Stadt zusammenlief. Bimlim war still, aber weil Kasperle schrie, schrie er auch, und weil Kasperle zappelte, zappelte er auch. Überhaupt machte er Kasperle alles nach, und als Kasperle ein wütendes Gesicht schnitt, zog er auch sein Gesicht zusammen wie ein Hund, wenn er beißen will.

„Was sind das für komische Buben," rief einer aus der Menge.

Wupp machte Kasperle ein Gesicht wie ein Teufel und eine Frau schrie: „Jemine, da kann man sich ja fürchten!"

„Huhu" – ein Kind fing an zu weinen, und gleich machte Kasperle ein Menschenfressergesicht.

Das gab ein Gekreisch.

Alles schrie und purzelte durcheinander, denn die Kinder, die sich vorgedrängt hatten, wollten ausreißen und konnten nicht.

Da packte der Schutzmann Kasperle fester: „Was schneidest du für Gesichter?"

„Uh je," fuhr er zurück, denn Kasperle sah auf einmal wie er selbst aus.

„Er sieht wie der Schutzmann Schulze aus!" schrie ein Bube, und eine andere Stimme rief: „Er ist sein Sohn!"

„Herrn Schulze sein Sohn, Schulzen sein Sohn!"

Nein, ärgerte sich der Schutzmann, weil er gar nicht Schulze, sondern Müller hieß, und weil er gar keinen Sohn hatte.

„Schulzen sein Sohn, Schulzen sein Sohn!" gellte es durch die Gasse.

„Schneid' doch nicht solche Gesichter!" herrschte der Schutzmann Kasperle an.

Da machte der ein Gesicht, wie es einst Marlenchen hatte, und alle schrien: „Er sieht aus wie die Prinzessin Marlene!"

„Wo ist Marlenchen?" brüllte Kasperle. „Ich muß zu Marlenchen." Und er drehte und wendete sich und schnitt Teufels- und Räubergesichter, so daß dem Schutzmann himmelangst wurde. So einen hatte er noch nie abgeführt.

Dazu johlte und tobte es auf der Gasse, alle wollten Kasperles Gesichter sehen und alle riefen: „Schulze, laß ihn doch los, halt deinen Sohn doch nicht so fest!"

„Er ist nicht mein Sohn, und ich heiße Müller!"

„Huch," schrie Kasperle, „Schulze, sagt er, heiße nicht Schulze, und ich bin doch sein Sohn. Seht mal!"

Und Kasperle sah wieder aus wie der Schutzmann und viele Stimmen lärmten: „Er ist Schulzes Sohn, ja, Schulzes Sohn."

„Ich heiße Müller."

„Nä, Schulze," schrie Kasperle.

„Müller."

„Nä, Schulze."

„So ein Rabenvater," riefen die Leute, „führt seinen eigenen Sohn ab, Herr Schulze das ist nicht nett."

„Ich heiße Müller."

„Nä, Schulze." Kasperle merkte wohl, daß der Schutzmann sich ärgerte, wenn er Schulze genannt wurde, und er dachte, wenn er sich recht ärgert, da läßt er mich los. Müller ließ ihn aber nicht los, soviel auch die Leute schalten und ihn Rabenvater nannten.

Und da war die Wache und da waren mehr Schutzleute und Kasperle und Bimlim mußten hineinspazieren.

Drinnen gab es ein langes Verhör.

„Wie heißt du?“

„Kasperle.“

„Das ist kein Name.“

„Peringel.“

„Schlingel, das ist auch kein Name.“

„Doch ich bin Kasperle Peringel und der da ist Prinz Bimlim.“

„Wo wohnst du?“

„In meinem Kasten.“

Da verlor der Schutzmann die Geduld und schrie Kasperle an: „Gleich sagst du, wer du bist.“

„Kasperle.“

„Gibt es ja gar nicht.“

„Doch, die gibt es.“

„Wie alt bist du denn?“

„Ein paar hundert Jahre.“

„Halt mich nicht zum Narren, sonst wirst du ins Gefängnis gesteckt.“

Da bekam Kasperle einen argen Schreck. Er schrie unglaublich und Bimlim schrie mit. Draußen aber sagten die Leute: „Schutzmann Schulze haut seinen Sohn.“ Das ärgerte die Schutzleute und sie schalten auf Kasperle. Der aber dachte daran, daß ihm das Heulen schon manchmal geholfen hatte, und er heulte immer lauter.

Das hörte auch einer, der vorbeiging. Es war Herr Stopps; der ging in das Polizeigebäude hinein und fragte: „Weint hier Kasperle?“

„Nun nennen Sie den Burschen, der so heult, auch Kasperle! Die gibt es doch gar nicht!“

Da erzählte Herr Stopps von seinem Großvater und von dem Brand von Torburg, und daß Kasperle wieder aufgewacht sei.

„Das stimmt," sagte Kasperle immerzu, dem manches, was es einst erlebt hatte, nun wieder einfiel. Vieles hatte es vergessen, und das war gut, sonst wäre es vielleicht sehr traurig gewesen, weil die Welt damals so anders ausgesehen hatte.

„Ein Kasperle, das gibt es nicht." Ein Schutzmann läßt sich nicht so leicht überzeugen. Da sagte Herr Stopps: „Kasperle, kannst du noch kaspern?"

„Freilich!" schrie Kasperle.

„Dann kaspere uns mal was vor, damit der Schutzmann Schulze . . ."

„Müller heiße ich!"

„. . . also Müller sieht, was du kannst."

„Ach, kaspern können viele Kinder," sagte Herr Müller spöttisch, „sie kaspern ihren Eltern und Lehrern genug vor."

„Aber Kasperle wird es noch besser können."

Da stellte sich Kasperle flugs so an das offene Fenster, daß man ihn von draußen sehen konnte, und nun ging es los. Arme, Beine, Ohren, Nase, alles wackelte, Kasperle schnitt alle Gesichter, die er noch konnte, und da sah er zum großen Erstaunen des Herrn Stopps auf einmal aus wie der alte Herzog August Erasmus, dessen Bild er daheim in seiner Bücherei hängen hatte.

Draußen sahen sie ein Stück von Kasperle. Nur ein Stück. Aber das schon brachte die Leute in Aufregung. Sie wollten alle mehr sehen und sie kletterten an dem eisernen Gitter empor, das einen kleinen Vorgarten von der Straße schied.

„Nicht hineinklettern," rief ein Schutzmann, „das ist verboten."

Da schaute Kasperle flugs hinter ihm heraus und machte sein lustiges Kasperlegesicht.

„Es ist ein Kasperle,“ schrien sie draußen, „er soll herauskommen und uns was vorkaspern.“

„Vorstellungen auf der Straße sind verboten.“

„Jetzt sieht er aus wie der Schutzmann Schulze.“

„Müller heiße ich.“

„Jawohl, Herr Schulze.“

„Müller! Donnerwetter!“

„Jawohl, Herr Müller Donnerwetter.“

Der Schutzmann wollte gerade etwas erwidern, als alle draußen aufkreischten. Kasperle hatte ein Teufelsgesicht gemacht.

„Man kann sich ja fürchten,“ rief eine dicke Frau. „Uh je.“

Kasperle sah nun aus wie ein Menschenfresser.

„Geh’ vom Fenster weg,“ gebot der Vorsteher der Wache.

„Er soll nicht weggehen, er soll herauskommen. Wir wollen mehr sehen,“ rief es draußen.

„Er muß drinbleiben, er ist angeklagt.“

„Wir wollen Kasperle haben, laßt ihn heraus,“ rief es draußen.

„Aufgepaßt, jetzt schlage ich Purzelbaum,“ rief Kasperle drinnen, schoß und kam gerade an die Türe, als ein Herr hereinwollte. Beide stießen unsanft zusammen.

„Was ist das?“ rief der Herr und rieb sich den Bauch.

„Das ist Kasperle, Herr Polizeirat. Ein Delinquent, der sagt, er wäre ein Kasperle.“

„Das gibt’s ja gar nicht,“ rief der Polizeirat und sah Kasperle scharf an.

„Wo wohnst du?“

Nun hätte Kasperle endlich sagen können: „Bei Meister Drillhose,“ er sagte aber: „In meinem Kasten.“

„In einem Kasten wohnt man nicht." Der Polizeirat sah Kasperle scharf an und plötzlich rief er: „Müller, ich hab's, das ist der Schmidt, der berüchtigte Taschendieb. Heißt du Schmidt?" schrie er Kasperle an.

„Nä, Kasperle."

„Du bist ein Taschendieb."

„Nä, bin ich nicht."

„Doch, du verstellst dich nur, du bist ein kleiner, nichtsnutziger Bursche, ich werde dich aber entlarven. Müller, lassen Sie einmal ein großes Butterbrot holen."

„Butterbrot!" schrie Kasperle und sein Gesicht strahlte wie eine Junisonne.

„Ja, Butterbrot, das mußt du essen."

Leise sagte der Polizeirat zu Herrn Stopps: „Er kann nämlich nur ganz langsam essen, das ist das Kennzeichen. Wollen sehen, wie er mit dem Butterbrot fertig wird."

„Ja, wollen sehen," murmelte Herr Stopps.

Da kam das Butterbrot und der Polizeirat sagte: „Iß!" – und weg war es.

„Wo ist das Butterbrot?"

„Hier," Kasperle klopfte auf seinen Magen, und da auch Herr Müller sagte: „Er hat es gegessen," murmelte der Polizeirat: „Er ist es nicht."

„Er ist es doch," schrie Herr Müller, „er hat sich damals verstellt."

„Wieso damals verstellt?"

„Als er tat, als könnte er nichts essen."

„Das ist möglich. Man photographiere ihn und behalte ihn im Hause, bis aus D. der Bescheid da ist, ob er es ist oder nicht."

Ja, festgehalten zu werden, dünkte Kasperle nicht gut, und das Photographiertwerden auch nicht, denn er wußte nicht, was das ist.

Als es auf einen Stuhl gesetzt wurde und den Apparat auf sich gerichtet sah, schnitt es ein Teufelsgesicht, dann ein Räubergesicht, dann ein Menschenfressergesicht, so daß der Photograph ganz verzweifelt rief: „Es ist immer ein anderer!"

Der Polizist Müller lief zu dem Polizeirat, der gerade mit Herrn Stopps sprach und schrie: „Herr Polizeirat, es ist immer ein anderer!"

„Es ist ein Kasperle," sagte Herr Stopps.

„Es ist ein Kasperle," sagte noch jemand, das war Herr Drillhose, der mit Meister Hirsebrei und Madame Käsewurm das Zimmer betrat. Bimlim hatte sie geholt, denn um Bimlim hatte sich niemand gekümmert. Der hatte richtig das Haus gefunden, in dem Meister Drillhose wohnte. Dieser sagte: „Bimlim, du bist gar nicht so dumm, wie du aussiehst."

„Uah, ich bin nicht dumm, nur müde, wenn man nicht ausschlafen kann."

„Peringel hat aber doch ausgeschlafen."

„Ja, Peringel, der Schlingel."

Nach Peringel fragte nun der Polizeirat, um Bimlim kümmerte sich niemand.

„Wie heißt Ihr Pflegesohn?"

„Kasperle Peringel."

„Mit dem Kasperle bleiben Sie mir vom Leibe, das glaube ich nicht."

„Er ist doch ein Kasperle."

„Nein!"

„Nein," schrie auch der Schutzmann Müller, „Kasperles gibt es nur von Holz!"

„Und jetzt ist er ausgerissen," ertönte eine Stimme. Der Schutzmann Brummeler stand in der Türe und sagte es.

„Wer ist ausgerissen?"

„Was ist ausgerissen?“

„Na der Kerl, der Kasperle heißen will.“

„Wie kann er denn ausreißen, der war doch oben im zweiten Stock!“

„Er ist zum Fenster naus und am Haus hinunter.“

„Vom zweiten Stock?“

„Ja, vom zweiten Stock!“

„Aber wie kann er denn, er muß doch fallen?“

„Ih, der ist nicht gefallen.“

„Unten steht er und macht Dummheiten,“ schrie Müller.

Unten stand wirklich Kasperle und kasperte, und um ihn herum standen Hunderte von Menschen und lachten, lachten, wie sie noch nie gelacht hatten. Da lief Meister Hirsebrei flink auf die Straße, nahm seinen Hut und sammelte ein. Da flogen andere Münzen in seinen Hut als Hosenknöpfe, und er merkte, wenn ein echtes Kasperle kommt, lachen die Leute auch heute noch.

Selbst der Polizeirat lief auf die Straße, und als ihn Kasperle kommen sah, machte er dessen Gesicht nach und schrie: „Bringt ein Butterbrot, schnell bringt ein Butterbrot!“

Weil alle dachten, Kasperle hätte solchen Hunger, streckten ihm viele ihre Frühstücksbrote hin, und Kasperle fing an zu schlingen, mitten drin aber schrie er: „Bimlim komm, du kriegst auch was.“

Das ließ sich Bimlim nicht zweimal sagen.

Als die beiden Kasperles vor den Leuten standen, riefen die: „Fein, nun spielen uns beide etwas vor.“

„Uah, ich kann nicht, ich bin zu müde, ich muß erst ausschlafen.“

Bimlim gähnte, und Kasperle gähnte auch, er hatte sich in aller Eile so nudelvoll gegessen, daß er nicht mehr kaspern konnte.

„Heute nachmittag gibt es Vorstellung!“ schrie Meister Hirsebrei.

„Halt ein," schrie Herr Stopps dazwischen, „heute nachmittag ist bei mir Kindergesellschaft, da lade ich beide Kasperles ein."

„Fein," schrie Kasperle, „da gibt's Käsekuchen!"

„Also morgen nachmittag auf der Vogelwiese ist Kasperlevorstellung!"

„Wir kommen!" schrien die Leute.

„Bringt Gröschleins mit," rief Kasperle, „ich bin ein armes Kasperle."

„Du kriegst von mir etwas." Herrn Stopps tat das Kasperle auf einmal furchtbar leid, er hatte sich überlegt, daß einer mehr als 70 Bissen essen muß, wenn er 75 Jahre geschlafen hat. Er gab Meister Hirsebrei gleich 100 Mark, und der Polizeirat gab auch drei Mark, selbst Herr Müller reichte eine Mark heraus: „Weil's doch wirklich ein Kasperle ist," sagte er.

So zogen die beiden Kasperlespieler und Madame Käsewurm um viele Sorgen leichter mit ihren Kasperles heim, und Peringel redete unterwegs von nichts anderem als von der Kindergesellschaft.

Große Gesellschaft

Von der Gesellschaft bei Stopps redete nicht Kasperle allein, noch viele andere sprachen davon. In einem uralten Haus am Kirchplatz redeten zwei Kinder von der Gesellschaft. Es waren Liebetraut und Rosemarie Severin. Liebetraut Severin probierte ein neues Kleid an, das heißt, es war eigentlich ein ganz altes Kleid, das die Urgroßmutter Marlene schon getragen hatte, als sie noch ein kleines Mädchen gewesen war. Nun sollte es Liebetraut zu dem Fest bei Stopps anziehen. Herr Stopps hatte neulich gesagt, es sollte ein Fest aus der Biedermeierzeit sein. „Dazu paßt das alte Kleid", sagte Rosemarie, „du siehst aus wie deine Urgroßmutter Liebetraut."

„Ich wollte lieber, ich sähe aus wie Marlene."

„Warum, die Urgroßmutter Liebetraut war doch sehr schön?"

„Aber sie war keine Prinzessin, nur eines armen Puppenschnitzers Pflegetochter.“

„Möchtest du so gerne eine Prinzessin sein?“ fragte Rosemarie.

„Ja, sehr gerne.“

„Wie Base Marlene?“

„Die ist arm.“

„Wir sind auch arm.“

„Ich möchte eine Prinzessin sein und reich. Es ist zu schade, daß unsere Großmutter einen einfachen Herrn Severin geheiratet hat.“

„Was redest du da?“ sagte eine liebe Stimme. Die Mutter war in das Zimmer getreten. Sie sah ihre Töchter traurig an. „Seid ihr schon wieder unzufrieden?“

„Wenn wir schon arm sind, dann möchten wir wenigstens Prinzessinnen sein.“

„Ich möchte Klassenerste sein,“ rief Rosemarie, „das wäre mir lieber.“

„Ihr müßt euch aber sputen, damit ihr zur rechten Zeit hinkommt,“ mahnte die Mutter.

„Ach, so eine dumme Kindergesellschaft,“ sagte Rosemarie aufgeblasen, „ich habe keine Lust.“

„Doch, es gibt dort immer viel Kuchen,“ meinte Liebetraut.

„Und man muß die Bissen zählen, so geizig ist Herr Stopps.“

„Der ist nicht geizig.“ Frau Severin sprach gerne zum Guten. Sie war eine sanfte, stille Frau, und es tat ihr leid, daß ihre beiden Töchter so unzufrieden waren. Die Mutter von Herrn Severin war eine Prinzessin gewesen, und die beiden Töchter waren stolz auf diese Verwandtschaft, so stolz, daß sie immer bedauerten, nur Severin zu heißen. Viele unzufriedene Gedanken gingen in den hübschen Köpfen herum. Sie dachten dabei wenig an das Unglück ihres Vaters, der ein berühmter Maler gewesen, aber im Kriege durch einen Schuß schwer verwundet worden war und fast die Sehkraft eingebüßt hatte. Dazu hatten die Severins noch in der schlimmen Zeit beinahe ihr ganzes Vermögen verloren, so daß sie in den allerbescheidensten Verhältnissen lebten. Zu dem Fest hätten sie heute gar keine Kleider gehabt, wenn sie nicht im Biedermeieranzug erscheinen könnten. So gingen sie in Kleidern von Urgroßmutter Marlenchen und ahnten alle beide nicht, wen sie heute treffen würden. Das ahnte überhaupt niemand. Wohl wußte eine Anzahl Kinder, daß ein Kasperle wieder aufgetaucht war, sie dachten aber alle, das wäre auf dem Jahrmarkt. Als darum Kasperle mit Bimlim ankam, kannte niemand die beiden. Selbst Henry Stopps nicht. Der lief zu seinem Vater und rief: „Sieh nur die beiden häßlichen Jungens, die da gekommen sind, und wie sie angezogen sind, ganz billiges Zeug haben sie an."

Herr Stopps wollte den Kindern eine Überraschung bereiten, darum sagte er nur: „Es sind Kinder von einem Geschäftsfreund, sei recht freundlich. Da kommt Prinzeß Marlene."

Ein zierliches, feines Mädelchen kam in den Saal und Herr Stopps ging ihr mit Henry entgegen. Marlenchen war zwar seine Nichte, er behandelte sie aber doch ein bißchen hochachtungsvoller als die andern Kinder, weil sie eine Prinzessin war. Auch Prinz August kam in den Saal, er war Marlenes Vetter, und da gleichzeitig die Severins eintraten, gab es eine große Begrüßung zwischen den Verwandten. Andre drängten sich herzu, und niemand achtete auf die beiden Kasperles.

Auf einmal gab es puff, puff, ein heftiges Gedränge, Kasperle teilte ein Rippenstößlein nach dem andern aus, und Bimlim pufft mit, und als die Kinder gerade höchlichst entrüstet schrien: „Was will denn der häßliche fremde Junge?" fiel er dem Prinzeßchen um den Hals, küßte es und schrie: „Marlenchen, du lebst ja noch!" Aber das Marlenchen wehrte sich, es schrie laut um Hilfe, und Prinz August und Henry Stopps sprangen herzu, um den frechen Jungen zu verwichsen.

Der nicht faul, teilte kräftige Stöße aus, Bimlim half, und ehe Herr Stopps noch eingreifen konnte, war die schönste Prügelei im Gange. Kasperle und Bimlim droschen auf die fremden Buben ein, als hätten sie sich durch ihren langen Schlaf extra dafür gestärkt. Dann aber kamen andere zu Hilfe und Kasperle dachte, hauen allein hilft nichts, ich muß auch mal schreien. Da schrie er aus vollem Halse und die andern Buben blieben nicht stumm, die schrien auch.

„Kasperle, aber Kasperle!" rief Herr Stopps entsetzt.

„Da hast du eine!" Prinz August bekam eine Ohrfeige wie noch nie in seinem Leben.

„Warte du!" Herr Stopps gab Kasperle einen Nasenstüber, der kräftig war.

„Der freche Junge hat angefangen," schrie Kasperle, wie eben nur ein Kasperle schreien kann, und Bimlim schrie nicht minder laut: „Der auch!" und schwupp, schwupp, kriegte Henry Stopps etwas ab.

„Stille!" schrie Herr Stopps so laut er konnte. Er mußte aber eine ganze Weile warten, ehe sich der Sturm etwas legte. Als es endlich still geworden war, schrie Kasperle: „Marlenchen weint."

„Ja, weil du sie geküßt hast, du frecher Junge," schrie Henry Stopps.

„Und mich hat er geschlagen, ich gehe nach Hause." Das Prinzlein war auch beleidigt, und Herr Stopps mußte noch einmal „Stille" rufen. Endlich, als er sagte: „Ich will euch sagen, wer die Fremden sind," schwiegen die Kinder.

„Kasperles sind's."

„Aber sie leben doch."

„Nun ja, lebendige Kasperles."

„Ach, ich weiß, wie mein Urgroßvater eins hatte."

„Aber zuletzt war ich bei Marlenchen," schrie Kasperle. „Marlenchen, kennst du mich denn nicht mehr?"

Da mußte Herr Stopps erst Kasperle klar machen, daß die Kleine nicht sein Marlenchen, sondern die Urgroßnichte vom alten Herzog August Erasmus sei.

Kasperle senkte die Nase. Das war traurig, sehr traurig, und auf einmal fing Kasperle zu weinen an. Bimlim fiel ein. Es war aber kein lautes, ungezogenes Gebrüll wie am Morgen, sondern ein bitterliches, ganz trauriges Herzweinen. Es machte alle, die es hörten, so traurig, wie das Kasperle war, und Prinzeß Marlenchen trat auf einmal auf Kasperle zu, legte beide Arme um ihn und sagte: „Armes Kasperle du. Ich will deine Freundin sein."

„Meine auch," schrie Bimlim, „ich bin ein Prinz und passe besser für eine Prinzessin."

„Halt den Schnabel," schrie Kasperle erbost, „Marlenchen ist meine Freundin."

„Aber Kasperle," sagte die Prinzessin sanft, „du mußt doch nicht so grob sein."

„Du darfst nicht schimpfen," sagte Kasperle, während ihm die Tränen kamen. Marlenchen mußte lachen, und Kasperle fing zu lachen an, wie nur ein Kasperle lachen kann. Das steckte an, und selbst Henry Stopps und Prinz August lachten mit. Da sagte auf einmal eine helle Stimme in das Lachen hinein: "Es ist dumm, mit einem Kasperle Freundschaft zu schließen. Ein Kasperle ist ein dummes Ding."

„Marlenchen, noch ein Marlenchen!" schrie Kasperle.

Es war aber Liebetraut Severin. Als Kasperle den Namen hörte, schrie er: „Die kenne ich auch, die hat den Herrn Severin geheiratet und ist die Tochter vom Kasperleschnitzer."

Darüber ärgerte sich Liebetraut, und sie sagte spöttisch: „Du bist doch ein dummer Kasper, du meinst meine Urgroßeltern."

„Marlenchen hat auch nicht so böse Augen gemacht," rief Kasperle und sah selbst bitterböse auf das kleine Mädchen, das so vertraute Namen trug.

„Jetzt muß er kaspern," rief Prinz August, dem das Gestreite langweilig wurde.

„Ja, kaspern, wir wollen was sehen," riefen die andern Kinder, nur Liebetraut zuckte die Achseln: „Was wird er können?"

Das ärgerte Kasperle wieder ganz gewaltig. Er dachte, nun zeige ich aber, was ich kann, und flüsterte Bimlim zu: „Mach' mir alles nach."

„Uah, ich mag nicht, ich bin so müde."

„Ich denke, du hast so lange geschlafen," sagte Rosemarie Severin, die neben Bimlim stand.

„Uah, nicht genug, nur hundertfünfzig Jahre vielleicht."

Alle lachten, und weil Kasperle sich ärgerte, daß die Kinder über Bimlim lachten, nicht über ihn, fing er an zu kaspern.

„Was macht der denn?" rief Liebetraut, „das soll wohl rhythmische Gymnastik sein?"

„Er tanzt Tango," rief ein kleines Mädchen.

„Nein, Schuhplattler", schrie ein Junge.

Da merkte Kasperle, daß er mit seinem Kasperlegehopse keinen Beifall erzielte, und so fing er heftig an, Gesichter zu schneiden. Das konnte er, und darüber fingen die Kinder zu lachen an, selbst Liebetraut lächelte ein wenig.

Kasperle schnitt alle Gesichter, die er kannte, längst vergessene fielen ihm wieder ein, und als er kein altes Gesicht mehr wußte, sah er wie der Polizeirat aus, wie der Schutzmann Müller, wie Meister Hirsebrei und Meister Drillhose.

„Er kann etwas," sagte Henry Stopps ein bißchen von oben herab.

„Er paßt gut für's Kino," sagte Liebetraut spöttisch.

Das ärgerte Kasperle, und weil es dachte, Kino wäre etwas zum Essen, sagte er protzig: „Ich esse kein Kino."

Darüber lachten die Kinder mehr als über seine Gesichter, und weil Lachen ansteckt, lachte Kasperle mit. Und *wie* lachte Kasperle! Die Gesichter hatten den verwöhnten Kindern zwar gefallen, aber das echte

Kasperlelachen gefiel ihnen am allerbesten. So hatten sie noch nie jemand lachen hören, und sie wurden alle angesteckt, selbst Liebetraut konnte nicht widerstehen, sie mußte mitlachen. Und weil Kasperle, der Schelm, wohl merkte, wie die Sache stand, lachte er immer mehr, und wer weiß, wie viele Hosenknöpfe noch abgeplatzt wären, wenn nicht ein Diener gemeldet hätte, der Kaffee wäre angerichtet. Da gab es Kaffee und Kuchen, und Kasperle fragte ängstlich: „Muß man zählen?“

„Heute nicht.“ Herr Stopps lachte immer noch. Auf einmal sagte er: „Kasperle, zähle doch mal bis drei.“

„Eins, zwei, drei,“ schrie Kasperle und steckte drei Pfannkuchen nacheinander in den Mund. Darüber bekam Prinzessin Marlene große Augen vor Schreck, und sie hätte wohl etwas gesagt, wenn nicht auf einmal der Lautsprecher vom Rundfunk angefangen hätte. Man hörte gerade eine Kasperlegeschichte, und Kasperle schrie ganz aufgeregt: „Wer spricht denn da von mir?“

„Dort, der Rundfunk,“ antwortete Marlene.

„Wo ist denn der Herr Rundfunk?“

Die Kinder lachten alle, sie nahmen es anfangs für einen Scherz, erst als Kasperle laut in den Lautsprecher hineinrief: „Herr Rundfunk, wo bist du denn?“ da merkten sie, daß das Kasperle nicht wußte, was ein Rundfunk war.

Auf einmal schrie Bimlim, der halb geschlafen hatte: „Kasperle, sei doch mal still!“

„Ich bin doch still!“

„Du redest immerzu.“

„Das ist der Herr Rundfunk.“

„Das bist du.“

„Nein, das bin ich nicht.“

„Doch.“

„Nein."

„Der ist's," sagte Henry Stopps und deutete auf den Lautsprecher.

„Ist das ein Tier?"

„Ja, ein Esel," riefen die Kinder.

Bimlim machte ein nachdenkliches Gesicht: „In meiner Zeit hatten die Esel vier Beine," sagte er nachdenklich.

Darüber lachten die Kinder alle so, daß selbst Liebetraut nicht zum Essen kam vor Lachen. Nur Kasperle und Bimlim ließen sich nicht stören, die aßen und aßen. Kasperle aß dreizehn Pfannkuchen, sechs Windbeutel und sieben Mohrenköpfe und noch etliche Stücke Kuchen, und Bimlim machte ihm wieder alles nach.

„Wie viel er ißt!" rief Liebetraut. „Jetzt hat er schon den zehnten Pfannkuchen!"

„Ich kann nicht zählen."

„Du kannst nicht zählen?" riefen alle.

„Bis drei," schrie Kasperle und wollte es wieder mit Pfannkuchen machen.

„Er muß aber in die Schule gehen," riefen alle, „er muß etwas lernen."

„Nä." Kasperle schüttelte den Kopf.

„Doch ja, warum denn nicht?"

„Wenn ich wieder einschlafe, vergesse ich es doch wieder."

„Du kannst wohl auch nicht lesen?" fragte Henry.

„Nä," rief Kasperle.

„Und nicht Lateinisch?" Rosemarie war sehr stolz auf ihr Wissen.

„Nä." Kasperle schüttelte sich ordentlich.

„Bist du denn nicht in die Schule gegangen?"

„Doch!" schrie Peringel, als wären alle taub.

„Wo denn? Erzähle mal.“

Da erzählte Kasperle: „Ich gingte zu einem, der *so* aussah,“ und er machte ein Gesicht wie der Schulmeister in Waldrast, „und dann kam eine, die *so* aussah,“ nun machte er ein Gesicht wie die Base Mummeline, . . . „und da reißte ich aus und da war’s aus.“

„Wenn die Schule doch auch so kurz wäre!“ rief Henry.

„Bimlim muß auch erzählen,“ rief Kasperle, „ob er auch in die Schule gegangen ist.“

„Nä,“ rief Bimlim, „bin ich nicht, ich hatte einen Hofmeister.“

„Oh, wie fein! Was hast du denn bei dem gelernt?“

Bimlim sann eine Weile nach, dann sagte er langsam: „Nichts.“

„Warum denn nichts?“

„Weil ich’s verschlafen habe.“

Auf einmal fing der Lautsprecher wieder ein Musikstück an, und die Kinder sprangen auf und sagten, sie wollten nun tanzen.

„Kannst du tanzen, Kasperle?“

„Ja!“ schrie der, denn er nannte sein Kasperlegehopse auch Tanz.

Die Kinder nannten das aber anders. Die lachten, als Kasperle mitten im Saal mit Prinzeß Marlene zu hopsen anfing, als wären sie auf einer Kuhweide. Wie ein Kälbchen sprang Kasperle herum, und Bimlim machte lauter feine zierliche Schritte, die er früher einmal gelernt hatte. Prinzeß Marlene war außer sich und zum Überfluß kam auch noch Liebetraut und sagte: „Das sieht wundervoll aus, wenn Kasperle tanzt.“

„Nicht wahr?“ rief der stolz.

Er merkte aber dann am Lachen der andern, daß Liebetraut ihn verspottete. Da sagte er: „Du bist eine Gans.“

Das war grob, und es gab eine große Aufregung. Kasperle sollte abbitten, aber er tat’s und tat’s nicht. Ja, als Marlenchen zuredete, schrie er: „Ich geh’ in meine Kiste und schlaf ein.“

„Uah, ich auch,“ schrie Bimlim.

„So geht, ihr dummen Kasperles!“ schrie Henry Stopps.

Und die beiden gingen, und auf einmal merkten die Kinder, wie lustig es mit den Kasperles gewesen war, und es dauerte nicht lange, da liefen sie auch alle heim. Herr Stopps aber sagte: „Ja, mit Kasperles umgehen, ist nicht leicht.“

Allerlei Hindernisse

Am nächsten Tage sollten die Kasperles auf dem Jahrmarkt spielen. Es wurde in ganz Torburg von nichts als von den Kasperles geredet, und Liebetraut hörte auch in der Schule, die Kasperles würden auf dem Jahrmarkt spielen. Da sagte sie: „Pfui, wie kann man auf dem Jahrmarkt spielen, das ist unfein.“

Prinzeß Marlene meinte sanft: „Es sind doch Kasperles.“

„Es ist unfein, mit Kasperles zu verkehren,“ rief Liebetraut.

Es fanden sich etliche, die sagten, Liebetraut hat recht, und wieder andere, die das dumm fanden, Kasperles wären eben etwas Besonderes, das dürfe man nicht so streng nehmen. Aber alle, ob sie nun für oder gegen eine Kasperlefreundschaft waren, sagten, sie würden am Nachmittag auf den Jahrmarkt gehen, nur Liebetraut sagte: „Das tue ich nicht. Ich bin eine Gymnasiastin, die geht nicht auf den Jahrmarkt.“

„Ich bin auch eine und gehe doch,“ rief Rosemarie. „Das Kasperle hat mir gestern ganz gut gefallen. Sei nicht so hochmütig.“

Aber Liebetraut blieb dabei, nicht auf den Jahrmarkt zu gehen, um Kasperle zu sehen. „Vielleicht tut er es doch nicht,“ sagte sie. Aber Kasperle hatte die beste Absicht, auf dem Jahrmarkt zu spielen. Er sollte mit Bimlim und Madame Käsewurm am Nachmittag hinauskommen. Meister Drillhose war schon am Vormittag mit Meister Hirsebrei hinausgezogen, um das Theater für die Vorstellung in Ordnung zu bringen. Aber Madame Käsewurm war an dem Tage krank, und als das

Mittagessen kam, mußten die Kasperles alle Pflaumenklöße allein essen, keinen kleinen Bissen brachte das alte Fräulein hinunter. Kasperle tat zwar, als wenn ihm das sehr leid täte, er aß aber so viel Klöße, daß selbst Bimlim sagte: „Es wird zu viel."

„Ih nä," sagte Kasperle, „auf dem Jahrmarkt esse ich noch Pfannküchlein, aber viele."

„Hast du denn Geld?" fragte das alte Fräulein.

Kasperle zog ganz stolz ein Gröschlein hervor, das ihm Meister Drillhose geschenkt hatte.

„Dafür wirst du nicht viel kriegen."

„Ich werd' schon kriegen."

„Aber wie kommt ihr hin? Ich kann nicht mitgehen," sagte Madame Käsewurm bekümmert.

„Ich finde schon hin." Kasperle tat sehr mutig und Madame Käsewurm beschrieb ihm noch genau den Weg. Das ging dem Kasperle durch die Ohren wie durch einen Tunnel. Zum einen Loch hinein, zum andern hinaus. Als die beiden Kasperles auf die Straße kamen, wußten sie alle beide nicht, ob sie links oder rechts gehen sollten.

Da kam ein Auto.

Kasperle staunte es an wie Ostern und Pfingsten, wenn es auf einen Tag fällt, und Bimlim staunte mit.

„Na, wollt ihr fahren?" fragte der Chauffeur.

„Ja!" schrie Kasperle.

„Wohin denn?"

„Auf den Jahrmarkt."

„Habt ihr Geld?"

„Ja, viel Geld." Kasperle klopfte auf die Tasche, in der er sein Gröschlein verwahrte.

„Na, dann steigt ein."

Das ließen sich die beiden Schelme nicht zweimal sagen. Sie setzten sich auf die Sitze, und da lagen sie. Das Auto hatte umgedreht und davon waren sie umgefallen.

„Jetzt sind wir bald da." Das war unvorsichtig von dem Chauffeur.

Die Kasperles dachten, unser Gröschlein wollen wir behalten. „Hier halte ich," sagte er zum zweitenmal und drehte sich um.

Ja, wo waren denn seine Fahrgäste?

Verschwunden waren sie.

Er sah nicht die zwei sich im Straßengraben kollern, denn aus einem fahrenden Auto zu springen, ist selbst für ein Kasperle keine kleine Sache. Sie hatten sich aber nicht beschädigt, denn im Fallen hatten sie Purzelbäume geschossen. Nun saßen sie im Straßengraben und sahen auf die bunte Lichterstadt, die so anders war, wie Kasperle sie in Erinnerung hatte. So viel mehr Buden, so groß und glänzend, und so viele Dinge gab es, die die Kasperles gar nicht kannten.

Das war nicht der Jahrmarkt von einst, und Kasperle verlor ein bißchen seinen frechen Mut. Es gelang ihm aber, Meister Drillhose, Meister Hirsebrei und Frau Mariechen zu finden. Vor der Bude stand schon eine Anzahl Kinder, die ungeduldig riefen: „Geht es bald los?"

„Da kommen sie!" schrie ein kleiner dicker Stöpsel und zeigte auf die Kasperles.

„Sie sind da!" brüllten die andern.

„Wer ist da?" fragte der Chauffeur, der mit seinem Auto dicht vor der Bude hielt und sich die Kasperlegeschichte mal ansehen wollte.

„Die Kasperles, da sind sie!"

„Donnerwetter, das sind ja meine Fahrgäste!" rief der Mann.

Uh je, bekam Kasperle einen Schreck, er schnitt ein Teufelsgesicht, und der Chauffeur prallte zurück: „Nee, der war's nicht, aber der andere ist's."

Aber Bimlim machte schnell ein Gesicht wie ein altes Hoffräulein, und der Chauffeur sagte ganz kleinlaut: „Sie sind's doch nicht, aber sonst sehen sie genau so aus."

„Es sind doch Kasperles," sagten die Kinder.

„Dann sind sie's auch," schrie der Chauffeur und wollte Kasperle greifen, aber da machte der ein Gesicht wie der Schutzmann Müller, worüber sich der Chauffeur so erschreckte, daß er ihn los ließ und flugs witschte Kasperle Bimlim nach und drinnen in der Kasperlebude sagte Meister Drillhose: „Ach, Kasperle, was hast du wieder angestellt, du hättest ja mit der elektrischen Bahn fahren können."

„Wo ist sie?"

„Dort fährt sie. Nun müßt ihr aber noch ein bißchen warten, denn Frau Mariechen hat die neuen Kasperleröcke noch nicht fertig."

Ja, wo war Kasperle? Verschwunden.

„Geh such ihn, Bimlim, er soll keine Dummheiten machen."

Kasperle war aber gerade dabei.

Er stand an der elektrischen Bahn und sagte: „Das ist doch auch ein Wagen ohne Pferde."

„Wie heißt der?" fragte Bimlim, der Kasperle entdeckt hatte.

„Leckdran," antwortete der.

„Muß man da lecken?"

„Einsteigen," schrie der Schaffner, ehe die beiden das Lecken versuchen konnten, und die beiden stiegen ein.

An der Kasperlebude hatte inzwischen Meister Drillhose einen heftigen Streit mit dem Chauffeur, der das Geld für die Kasperlefahrt verlangte. Aber Meister Drillhose wollte es nicht geben: „Hättet Ihr sie doch stehen lassen, wo sie standen," brummte Meister Drillhose unwirsch.

„Gut," sagte der Chauffeur patzig, „da fahre ich sie wieder hin, wo ich sie fand, und Ihr könnt sie holen."

Er sah sich nach den Kasperles um. Ja, wo waren die?

Verschwunden.

Meister Drillhose fragte ein paar Kinder und eins sagte, die beiden Kasperles wären mit der elektrischen Bahn davongefahren. Nun gab es vom Festplatz aus bloß eine Bahn, und es blieb Meister Drillhose nichts weiter übrig, als nachzufahren.

Inzwischen saßen die Kasperles in der elektrischen Bahn, und der Schaffner kam und verlangte Geld. „Meister Drillhose hat gesagt, wir sollen fahren," schrie Kasperle, so laut er konnte.

„Hat er euch Geld gegeben?"

„Ja, aber zu Pfannküchlein."

„Aber bezahlen müßt ihr."

Da reichten die beiden seufzend ihre Gröschlein heraus, und der Schaffner nahm sie und sagte: „Damit könnt ihr bloß bis an das Henkertor fahren, weiter nicht."

Nach einer Weile, während die Kasperles unruhig im Wagen hin- und herflitzten und den Leuten auf die Füße traten, was diesen nicht angenehm war, rief der Schaffner: „Henkertor, aussteigen!"

Wer aber sitzen blieb, waren die Kasperles.

Als der Wagen weiterfuhr, kam der Schaffner und sagte: „Wolltet ihr nicht aussteigen?"

„Nä."

„Na, dann müßt ihr noch mal bezahlen."

„Nä."

„Jawohl."

„Wir haben keine Gröschlein."

„Wer seid ihr denn?" fragte der Schaffner.

„Kasperles."

„Das ist Unsinn.“

„Nä.“

„Doch, Kasperles sind von Holz.“

„Aber wir sind lebendig.“

„Das sehe ich.“

„Es stimmt schon,“ sagte ein Mann, „es sind Kasperles, ich habe sie gestern auf der Polizeiwache gesehen.“

„Dann kaspert uns was vor, dann dürft ihr mitfahren.“

„So lange wir wollen?“

„Ja, so lange ihr wollt.“

Da schnitten die Kasperles ihre Gesichter, die Leute lachten dazu, und die beiden fuhren bis zur Endstation und fuhren wieder zurück und wieder bis zur Endstation und Kasperle sagte: „Ach, Frau Mariechen ist doch noch nicht fertig mit den Kasperlehosen.“

Und Meister Drillhose fuhr auch bis zur Endstation und fuhr auch wieder zurück und suchte seine Kasperles, ohne sie zu finden. Als er das zweitemal wieder zurückkam, stand Meister Hirsebrei da und sagte: „Die Kinder stürmen uns fast die Bude, sie wollen die Kasperles sehen.“

„Die waren vorhin da,“ schrie ein Junge.

„Wo?“

„Hier, im vorigen Wagen.“

„Wir müssen warten, vielleicht kommen sie zurück.“

„Ich nehme das Stöcklein,“ sagte Meister Drillhose, „ich werde ihnen das Ausreißen abgewöhnen.“

„Nicht schlagen, Meister Drillhose,“ mahnte Meister Hirsebrei.

Aber Meister Drillhose sagte: „Ich schlage doch.“

Ein paar Buben riefen da: „Uhje, die Kasperles kriegen Prügel, fein wird das.“

Und als der Wagen kam, in dem die Kasperles saßen, ertönte es ihnen schon entgegen: „Uhje, die Kasperles kriegen Prügel."

Nun sahen Bimlim und Peringel wirklich Meister Drillhose mit dem Stöcklein stehen, und Kasperle flüsterte Bimlim zu: „Wir schreien aber feste, dann haut er uns vor Angst nicht."

Und wirklich, kaum setzten sie die Füße vom Wagen, da schrien sie schon. Aber wie!

Das gellte über den ganzen Jahrmarkt. Himmel, schrien die beiden Kasperles! Noch ein anderer Ruf gellte über den Jahrmarkt, der: „Die Kasperles kriegen Haue!"

Der tönte nicht minder laut. Alles, was Buben- und Mädelbeine hatte, lief herzu und schrie: „Die Kasperles werden verhauen. Meister Drillhose hat sie eben in seine Bude gezogen."

Das letztere stimmte, aber das Verhauen stimmte nicht. Die beiden Kasperlespieler und Frau Mariechen waren so erschrocken über das Gebrüll, daß sie nur immer baten: „Seid doch still, seid doch still!"

Aber die beiden waren nicht still. Je mehr sie immer schrien, je mehr brüllten die Kinder draußen, und Meister Drillhose ging endlich hinaus und sagte: „Sie werden gar nicht gehauen."

„Aber der andere haut sie, wir hören es doch."

Da ging Meister Drillhose und holte Meister Hirsebrei herbei, und beide sagten: „Sie werden gar nicht gehauen."

Doch die Kinder glaubten es immer noch nicht. Frau Mariechen mußte sich auch zeigen. Als aber auch die draußen war und Peringel und Bimlim immer noch schrien, da verlangten ein paar beherzte Buben, sie wollten hineingehen und sehen, wer denn die beiden haue.

Das wurde ihnen auch erlaubt.

Ein paar Mädels schrien freilich: „Sie hauen euch auch," aber die beiden Buben waren mutig und verschwanden hinter dem roten Vorhang der Kasperlebude.

Da sahen sie denn Peringel und Bimlim gemeinsam auf einem Stuhle hocken. Diese beiden Schlingel hielten sich eng umschlungen und brüllten aus Leibeskräften, obgleich ihnen niemand etwas zu Leid getan hatte.

„Warum schreit ihr denn so?“ fragten die Buben.

„Weil wir gehauen werden.“

„Ihr werdet ja gar nicht gehauen.“

„Na, jetzt nicht, aber vielleicht später, mal in hundert Jahren.“

Daß man so brüllt, wenn man vielleicht in hundert Jahren Wichse bekommt, kam den beiden Buben Heinz und Peter erstaunlich vor, und sie fingen an zu lachen.

Kaum hörten die beiden das Lachen, stellten sie ihr Gebrüll ein und lachten mit, und zur allgemeinen Befriedigung ertönte aus der Kasperlebude ein lautes vierstimmiges Gelächter. „Sie lachen,“ sagten draußen die Kinder zueinander.

„Seht ihr, wir hauen sie nicht,“ rief Meister Drillhose und setzte nachdenklich hinzu: „Obgleich sie es verdient hätten.“

„Sie kaspern vielleicht,“ rief ein Bube, der sich das Lachen nicht erklären konnte.

Und plötzlich rief es von allen Seiten: „Wir wollen mitlachen, wir wollen sie kaspern sehen, sie sollen spielen.“

„Ja, sie sollen spielen.“

„Kommt nur, Kasperles, ihr sollt spielen.“

„Ja, kommt nur.“

Da streckte Kasperle seine große Nase zum Vorhang heraus und sagte: „Ich komme gleich, ich muß erst meine Hosen anziehen.“ Und dabei schlenkerte er seine neuen Kasperlehosen zum Vorhang heraus und witsch entwitschten sie ihm, und ein Windstoß entführte sie.

Im Nu rannten sämtliche Kinder hinterdrein. Sie sahen dabei nicht rechts und nicht links, rannten einen Würstelmann und eine Frau, die türkischen Honig feilbot, um, und erreichten die Hosen gerade am Hundezirkus. Dort saß ein dummer August, der wollte die Hosen auch fangen.

„Laß, es sind dem Kasperle seine," schrien die Kinder und zehn Hände griffen danach und zerrten und zerrten. Jeder wollte die Hosen haben, um sie Kasperle zurückzubringen. Doch Mutter Mariechen hatte leider nicht so sehr festen Stoff genommen. Ritsch ging es auf einmal, und mitten durch waren die Kasperlehosen.

Die Kinder standen wie erstarrt, bis ein Bube rief: „Nun kann er nicht spielen, nun hat er keine Hosen."

Ein lautes Wehklagen erhob sich, und der dumme August sagte spöttisch: „Seht ihr, blinder Eifer schadet nur."

„Gib deine Hosen, das sind auch Kasperlehosen," rief auf einmal Heinz, der sich mit an dem Hosenfang beteiligt hatte.

„Meine Hosen, nee, dann habe ich ja keine."

„Ach was, ein dummer August kann ohne Hosen gehen."

„Ich hol' dir meine."

„Ich habe auch ein paar weiße, die bringe ich dir."

„Ich hab' blaue."

„Ich wohne nahe."

„Ich auch."

So rief es durcheinander, und der arme dumme August wurde arg bedrängt. Endlich sagte er: „Holt die Hosen."

Da stoben sechs Buben davon und rasten, was sie konnten, nach Hause und in sechs Häusern rissen sechs Buben je ein paar Hosen aus dem Schrank, und als sechs Mütter fragten: „Was wollt ihr mit den Hosen?"

riefen sechs Buben sehr aufgeregt: „Kasperle seine sind zerrissen, er muß Hosen haben."

„Aber wieder bringen," mahnten die sechs Mütter, doch sämtliche sechs Buben hatten die Mahnung vergessen, als sie vor dem dummen August standen. Einer nach dem andern kam an, und der dumme August nahm jede Hose und sagte: „Erst sehen, was der andre bringt."

Endlich kam der letzte, der dachte nun, er würde die ersehnten Hosen kriegen, aber der dumme August holte ein paar weite Kattunhosen aus seinem Kasten, nahm die sechs Hosen über den Arm und sagte, er wollte Kasperle die Hosen selbst bringen, sonst würden sie wieder zerrissen. Das war den Hosenspendern nur halb recht. Sie gingen aber alle sechs mit, um wenigstens zu sehen, welche Hosen der dumme August behalten würde. Meister Hirsebrei freute sich sehr über den Ersatz, und der dumme August bekam noch ein Trinkgeld. Dann fragten die Buben: „Welche Hosen behältst du denn?"

„Meine?"

„Nein, meine."

„Meine."

„Meine."

„Lieber meine."

„Ach, meine."

Sämtliche Buben hatten vergessen, daß die Mütter das Wiederbringen anempfohlen hatten. Und der dumme August sagte sechsmal ja, nahm alle sechs Hosen und verschwand in seinem Zelt. Er behielt alle sechs. Ein so sehr dummer August war er gar nicht.

Die Kasperles spielen

Endlich hatte Peringel seine Hosen an, und das Spiel konnte losgehen. Erwartungsvoll waren die Kinder, auch viele Erwachsene hatten sich eingefunden. Aber Kasperle war müde von dem ungewohnten Lärm und hungrig war er auch. Der Duft der Pfannkuchen, der über dem ganzen Festplatz lagerte, zog ihm lecker in die Nase. Er sagte darum zu Meister Hirsebrei, er müßte erst Pfannküchlein essen, ehe er kaspern könnte, doch Meister Hirsebrei war anderer Ansicht. Der sagte: „Erst spielst du, wenn du deine Sache gut machst, bekommst du vielleicht ein Pfannküchlein."

Ein Pfannküchlein für einen Kasperlemagen! Und dazu noch vielleicht!

Was sich Meister Hirsebrei wohl dachte. Dabei gab es Pfannküchlein zu Bergen aufgehäuft. Das Wasser lief dem Kasperle im Munde zusammen, und auch Bimlim atmete sehnsüchtig den leckeren Duft ein.

Früher, fiel es Peringel ein, hatte er Pfannküchlein essen dürfen, so viel wie er wollte. Ach, wie war doch die Welt anders geworden!

Auf einmal fiel Peringel noch etwas ein, und er flüsterte in einer Ecke eifrig mit Bimlim.

„Na, Kasperles, marsch vorwärts, ich will der Teufel sein, der euch holt. Nun los, gespielt!" Meister Hirsebrei hatte es eilig. Da gingen Kasperle und Bimlim hinaus und draußen sagte Bimlim: „Uah, bin ich müde, ich habe nur hundertfünfzig Jahre geschlafen, das ist zu wenig. Und Hunger habe ich auch."

„Haste auch hundertfünfzig Jahre nichts gegessen?" fragte ein vorwitziger Bube.

„Du hast mir doch nichts gebracht," schrie ihn Bimlim an.

„Huch, ich weiß etwas," rief Kasperle Peringel und legte den Finger an die Nase.

„Was weißt du denn?"

„Daß heute Jahrmarkt ist."

„Dummer Kerl!" Bimlim schien böse zu sein, und Peringel machte sein schlaustes Gesicht, als er schrie: „Und auf dem Jahrmarkt gibt es Pfannküchlein, die schmecken fein, nicht wahr?"

„Ja," brüllten die Kinder, und die Erwachsenen lachten.

„Hole mir welche," gebot Bimlim sehr vornehm.

„Zu Befehl, mein Herr." Und haste nicht gesehen, da siehste, kobolzte Peringel zur Bude hinaus zur Pfannkuchenbude hin, dort machte er eine Verbeugung und sagte: „Für meinen Herrn, den Prinzen Bimlim," ergriff zwei Tüten und war verschwunden, ehe die dicke Pfannkuchenfrau sich noch von ihrem Erstaunen erholt hatte.

„Haste welche?" fragte Bimlim sehr unprinzlich.

„Für dich eine Tüte, für mich eine Tüte."

Mit großartigem Schwung reichte Peringel eine Tüte Bimlim. Nun aßen beide in sechs Bissen jeder sechs Pfannkuchen auf, und die Kinder sahen erstaunt zu, denn so geschwind ging es bei ihnen nicht.

„Hole mehr," sagte Bimlim, dem es geschmeckt hatte.

„Der will noch mehr," schrien die Kinder.

„Kasperles, ihr platzt," mahnte eine Frau.

Aber Peringel hatte keine Lust, zu der dicken Pfannkuchendame zu gehen. Zweimal läßt sich ein solcher Streich nicht machen. Er sagte daher: „Oh mein Prinz, es gibt auch warme Würstchen."

„So hole warme Würstchen, aber schnell, ich verhungere."

„Er hat sechs Pfannkuchen gegessen und verhungert, nun da möchte ich mal sehen, wann der satt wird," rief ein kleines, dünnes Stimmchen.

Peringel ließ sich aber durch die Zwischenrufe nicht stören, er kobolzte wieder zur Bude hinaus und machte es mit dem Würstelmann wie mit der Pfannkuchenfrau, nur daß sich der Würstelmann die Sache nicht so gefallen ließ; er fing furchtbar zu schelten an.

Weil Kasperle mit den Würstchen und Semmeln nicht so schnell fort kam, stopfte er alle in seine Tasche und purzelbaumte zurück, ehe ihn der Würstelmann noch fangen konnte.

„Da ist er," schrien die Kinder, als Peringel zurückkam.

„Es läuft ihm aus den Hosen,“ schrie einer.

„Pfui,“ rief ein anderer.

Heiße Würstchen mit Senf in den Hosentaschen und damit Purzelbäume schießen, ist eine unangenehme Sache, und Kasperle brachte etliche zerplatzte Würste und zerdrückte Semmeln aus der Hosentasche hervor. „Pfui, das esse ich nicht,“ rief Bimlim. Aber Peringel stopfte den Mischmasch schweigend in den Mund, und neben ihm ertönte erstauntes Rufen: „Er ißt es.“

„Ja, er ißt es,“ rief eine grobe Stimme, „und hat es nicht bezahlt.“

Es war der Würstelmann, der die Kasperles gefunden hatte und neben ihm stand, o Schreck und Graus, die Pfannkuchendame und schrie: „Er muß bezahlen.“

„Ja, er muß bezahlen,“ rief auch der Würstelmann und das riefen sie so laut, daß es Meister Hirsebrei hörte. Der hatte sich inzwischen als Teufel angezogen und kam hinter dem Vorhang hervor.

„Der Teufel, der Teufel!“ schrien die Kinder, „er holt Kasperle.“

Bimlim erschrak. Er hatte noch nie in einer Kasperlebude gespielt und wußte nicht, daß Meister Hirsebrei selbst den Teufel spielen wollte. Mit einem Satz war er aus der Bude hinaus und saß der Pfannkuchenfrau auf dem Rücken. Platsch! saß sie am Erdboden. Ein Kasperle hatte sie noch nie auf dem Rücken gehabt, das war eine neue Mode.

Kasperle, der wußte, wer der Teufel war, stopfte seelenruhig seine Würstchen und die Semmel in den Mund, und Meister Hirsebrei-Teufel fragte ihn: „Wo hast du die denn her?“

„Gestohlen hat er sie,“ rief der Würstelmann.

Nun wußte Kasperle gar nicht mehr, was „gestohlen“ heißen sollte, es mußte aber etwas sehr Schlimmes sein, denn alle Kinder sahen ihn entsetzt an, und Meister Hirsebrei-Teufel sagte: „Da muß er Haue haben.“

„Nä,“ schrie Kasperle, „ich mag nicht.“

„Nein,“ riefen auch die Kinder.

„Doch," rief Meister Hirsebrei und holte einen Stock herbei.

„Der Teufel will Kasperle hauen."

Alle nahmen das für Spaß, Kasperle aber merkte, es war Ernst. Und gerade in dem Augenblick kamen Henry Stopps, Prinz August mit Rosemarie und Liebetraut Severin an, und Kasperle schämte sich entsetzlich. Er sah plötzlich Meister Hirsebrei so tieftraurig an, daß der leise sagte: „Kasperle, ich mache nur Spaß."

Just in dem Augenblick sagte Liebetraut Severin: „Pfui, wie laut das hier ist," denn die Kinder lärmten und schrien ganz erschrecklich. Und dann fragte sie: „Warum sollte denn Kasperle Haue kriegen?"

„Weil er gestohlen hat," brüllte es im Chor.

„Pfui!" Liebetraut rümpfte die feine, kleine Nase und sah Kasperle so verächtlich an, als wäre der der größte Missetäter auf der Welt.

Kasperle wurde sehr verlegen, die Pfannküchlein und Würstchen auf dem Jahrmarkt waren doch dazu da, um gegessen zu werden, und ein Kasperle fragt nicht nach dem Preis. Es ißt, was da ist. Dafür ist es eben ein dummes, kleines Kasperle. Und als ihn Liebetraut strafend ansah und sagte: „Pfui, schäme dich, wie bös du bist," da wurde es auf einmal fuchsteufelswild und schrie: „Ich bin doch ein Kasperle und Marlenchen war viel netter, die hat nicht geschumpfen."

Da lachten alle und Kasperle lachte mit und die Pfannkuchen und Würstchen wären vergessen gewesen, wenn nicht die Pfannkuchenfrau und der Würstelmann ihr Geld gefordert hätten. Das taten sie laut und grob, und Liebetraut, die es hörte, sagte spöttisch: „Also doch gestohlen! Was kann man auch nur anderes von einem Kasperle verlangen!"

Da fing Kasperle zu weinen an: „Wenn ich doch Hunger hab."

„Ich bin schuld," rief Meister Hirsebrei, dem sein armes kleines Kasperle leid tat. Es wurde wieder allen wind und weh bei Kasperles Weinen und ein sonst recht unnützer Bube schrie: „Kasperle, weine nicht, mir tut mein Bauch weh."

Er meinte damit sein Herz, aber weil er keine Erfahrung in Herzschmerzen hatte, nannte er es seinen Bauch, und den andern Kindern ging es ähnlich, sie baten alle: „Kasperle, hör auf. Wir bezahlen die Schuld.“

„Ist gar nicht nötig,“ rief die Pfannkuchenfrau, „ich schenk sie dem Kasperle, er soll nur wieder lachen.“

„Ich schenke ihm die Würstel auch,“ rief der Würstelmann, „lache nur wieder, ich will mich mal gründlich auslachen.“

Da lachte Kasperle über das ganze Gesicht und es gab ein großes Getöse auf dem Platz. Nur Liebetraut lachte nicht, ihr tat das Herz nun wirklich weh. Denn auf einmal, sie wußte gar nicht, wie es gekommen war, tat ihr das Kasperle erschrecklich leid. Da mußte das arme Kasperle stehen und Späße machen, und dabei hatte es keine rechte Heimat, denn der Kasperlemann, bei dem es war, der dachte doch nur an die Gröschleins, die er einnehmen würde. Jetzt gerade ging er herum und rief:

„Gröschleins hergeben,
Kasperle will leben,
so ein Kasperlemagen
kann viel vertragen.“

Und Kasperle lachte dazu, hopste und sprang und Liebetraut Severin, die hochmütige, kalte Liebetraut hätte am liebsten das Kasperle in die Arme genommen und gesagt: „Komm mit heim ins alte Severinhaus, dort ist deine Heimat.“

Aber Kasperle und Bimlim dachten beide jetzt nur daran, daß sie auf dem Jahrmarkt standen und kaspern wollten, damit die Leute lachen. Sie hopsten und sprangen, schlugen Purzelbäume, stritten sich mit dem Teufel, schnitten Gesichter und waren so kasperlemäßig als nur möglich.

Das Lachen brauste über den ganzen Platz, und wer sich ärgerte, war der dumme August; hätte ich ihm doch nicht meine Hosen gegeben, dachte er.

Ich bin dumm, schalt sich Liebetraut im Herzen, Kasperle fühlt sich gar nicht einsam, er ist sehr glücklich. Sie ging weg, vorher legte sie noch eine Mark, ihr ganzes Jahrmarktsgeld, in den Sammelteller, sie wollte Kasperle eine Liebe erweisen, aber Kasperle sah es nicht.

Den ganzen Nachmittag tobte der Sturm um die Kasperlebude, alles rannte hin, jeder wollte Kasperle sehen und die andern Budenbesitzer wurden eifersüchtig. Wer fuhr denn noch in der Luftschaukel, wer im Karussell, wer ritt im Hippodrom oder lachte im Lachkabinett?

Niemand, denn niemand hatte dafür Zeit noch Geld.

Aber auf einmal hieß es, jetzt will Kasperle Luftschaukel und Karussell fahren.

Und gleich strömten alle hin. Jeder wollte sehen, jeder wollte mitfahren und die Budenbesitzer dienerten vor Kasperle und Bimlim, als wären sie Reichskanzler oder Ministerpräsident. Und Kasperle stieg auf die Luftschaukel und Meister Hirsebrei schrie: „Fall nicht herunter!“ Aber da lag er schon. Er hatte sich aber nicht weh getan, denn er hatte in der Luft einen Purzelbaum geschossen und war unversehrt unten angekommen. Dann stieg Kasperle auf ein Karussellpferd, und wieder schrie Meister Hirsebrei: „Fall nicht!“ Und bums, da lag Kasperle und drei Buben lagen mit ihm am Boden. Inzwischen kam die Riesendame und der Mann, der das Kalb mit den beiden Köpfen hatte, und beide baten: „Komm zu mir.“

„Warum denn?“ fragte Kasperle.

„Weil’s dann Gröschlein gibt,“ flüsterte ihm Meister Hirsebrei zu.

„Wollen wir, Bimlim?“

Und Bimlim sagte: „Ja,“ denn er hatte so etwas noch nie gesehen.

Auch aus den andern Buden kamen sie und baten, die Kasperles möchten zu ihnen kommen. Und die Kasperles kamen, staunten alles an, rissen ihre Münder sperrangelweit auf und lachten, daß der dumme August wieder neidisch wurde. So konnte er nicht lachen.

Endlich wurde Peringel auch müde, und Bimlim ‚uahte' schon seit einer ganzen Weile, er hatte beinahe den Gähnkrampf. Da sagte Meister Hirsebrei: „Nun gehen wir nach Hause."

„Wohin, zu Madame Käsewurm?"

„Nein, die ist krank, heute schlaft ihr bei Meister Drillhose." Da fühlte Kasperle wohl, daß er nicht zu Hause war. Er bat: „Wir wollen über den Kirchplatz gehen."

„Warum?" fragte Bimlim traurig.

„Darum," antwortete Peringel.

„Weil er da gewohnt hat, als er das vorige Mal wach gewesen ist," sagte Meister Hirsebrei, dem sein Freund Drillhose alles erzählt hatte.

„Uah, ich weiß nicht mehr, wo ich gewohnt habe," rief Bimlim, „das habe ich verschlafen."

„Da ist der Kirchplatz," sagte Meister Hirsebrei.

„Nä, ist er nicht," rief Kasperle.

„Doch ist er."

Aber Kasperle wollte es nicht glauben, daß der Platz mit der großen Linde und den neuen Häusern sein alter, lieber Kirchplatz sei. Erst als er das alte Severinhaus sah, kam ihm ein Erinnern und auf einmal fing er bitterlich zu weinen an.

Und dies tieftraurige Weinen der Heimatlosigkeit hörte Liebetraut Severin. Da rief sie: „Kasperle!" und lief hinab. Aber Kasperle war schon fort und Liebetraut bereute von diesem Abend an ihre bitteren Worte aus tiefstem Herzen.

Kasperle steigt aufwärts und wieder abwärts

Man muß sagen, trotzdem Kasperle keine Heimstätte hatte, schlief er in der Nacht wie ein Murmeltier und wachte am nächsten Morgen purzelvergnügt wieder auf. Es sollte gleich zum Jahrmarkt gehen. Meister

Drillhose wollte es, obgleich Meister Hirsebrei sagte: „Es lohnt sich nicht, es ist niemand da.“ Aber dem alten Kasperlespieler hatte das bunte Treiben so gefallen, daß er es bald wiedersehen wollte. Wenn er gewußt hätte, was er damit anrichten würde, er hätte es nicht getan. Auf dem Jahrmarktsplatz war es noch ganz still. Viele Buden waren noch geschlossen und Meister Drillhose, den das ärgerte, sagte etwas mißmutig zu den Kasperles: „Seht euch einmal die Flugzeuge dort an.“

„Nä,“ schrie Peringel.

„Warum denn nicht?“

„Weil du uns foppen willst. Flugzeuge gibt es nicht.“

„Gibt es doch, geht nur und seht sie euch an. Ihr habt eben viel verschlafen.“

Da gingen sie, die merkwürdigen Dinge anzusehen. Ein Eindecker flog ihnen gerade wie ein großer Vogel vor der Nase weg, und die Kasperles staunten ihm mit weit aufgerissenen Mündern nach.

„So was habt ihr wohl noch nie gesehen?“ fragte ein Herr. Es war der Pilot eines Passagierflugzeuges, der bald in die Lüfte segeln sollte.

„Nä,“ schrie Kasperle, „das war ’n Vogel.“

„Das war ein Flugzeug, mein Junge.“

„Ich bin kein Junge.“

„Na, was bist du dann?“

„Ein Kasperle.“

Da lachte der Luftschiffer hellauf, denn er hatte gestern von dem Kasperle gehört. „Willst du mitfahren?“ fragte er. „In einer halben Stunde steige ich auf.“

„Ja!“ schrie Kasperle.

„Darfst du denn?“

„Es gibt ja nichts zu spielen.“

„Dann lauf und hole deine Sachen.“

„Ich habe keine.“

„Na, du kannst auch in deinen roten Kasperlehosen fahren. Geh aber erst und frage, ob du darfst.“

Kasperle aber dachte, wer viel fragt, bekommt viel Antwort, und Bimlim dachte gar nichts. Da sagte Kasperle: „Geh, frage du, ob wir mit dem Flugzeug nach – ja wohin?“

„Nach Leipzig,“ rief der Pilot.

„Also frage es, Bimlim, hörst du?“

Bimlim nickte und Kasperle dachte, er findet gar nicht den Meister Drillhose, aber Bimlim fand wirklich hin. Nach einer halben Stunde kam er zurück: „Nun hast du ihn gefunden?“

„Ja.“

„Hast du gefragt?“

„Nä.“

„Warum nicht.“

„Sie schlafen gerade.“

Damit war Kasperle vollständig beruhigt. Wenn einer schläft, kann man ihn nicht um Erlaubnis fragen, und darum antwortete er vergnügt: „Ja,“ als der Luftschiffer nochmals fragte: „Darfst du auch bis Leipzig mitfahren? Heute abend komme ich erst zurück.“

Ach, dachte das leichtsinnige Kasperle, dann warten eben die Kinder auf mich.

Er zog Bimlim mit hinein und beide setzten sich in dem Doppeldecker hin, als säßen sie in ihrer Kasperlebude.

Auf einmal fing der Propeller an zu spektakeln und Kasperle bekam einen kleinen Schreck. Bimlim aber sagte: „Wohin fahren wir denn?“

„Wir fahren doch nicht, wir fliegen.“

„Ih nä," schrie Bimlim.

„Ja, da geht es schon los."

Die Maschine hob sich langsam vom Erdboden und auf einmal sah Kasperle den Festplatz unter sich liegen. Da sprang er in die Höhe und schrie: „Ich will nicht." Ein Herr aber nahm das Kasperle, wickelte es ganz und gar in eine Decke und sagte: „Sitz still, sonst fällst du naus."

Bimlim wurde auch eingewickelt, und da saßen die zwei und unter ihnen rauschten die Wälder, flossen die Flüsse, sie waren bald über allem. Kasperle schnitt vor lauter Aufregung die merkwürdigsten Gesichter und Bimlim schnitt mit. Auf einmal rumpelte es in Kasperles Mäglein und auch Bimlim stöhnte: „Mir wird so komisch."

Selbst einem Kasperle kann es in dem Flugzeug übel werden, und die Herren, die ihren Spaß an Kasperle hatten, hatten auch Mühe genug mit ihm. Kasperle wollte hinaus, wollte nach Torburg zurück, wollte lieber auf dem Jahrmarkt kaspern, statt in dem Flugzeug zu sein. Und die Welt unter ihm war ihm so fremd und unheimlich.

„Jetzt kommt Leipzig bald," sagte der eine Herr, „dort müßt ihr uns was vorspielen."

„Ja, ich schon," schrie Kasperle, und ehe ihn einer halten konnte, kobolzte er zum Flugzeug hinaus und Bimlim faßte ihn am Hosenzipfel, aber statt Kasperle zu halten, kobolzte er ihm nach.

„Die sind verloren," sagte der Luftschiffer.

„Schade, es wäre etwas Besonderes gewesen, in Leipzig mit zwei Kasperles zu landen."

„Ja, schade."

Und die vier Herren schauten betrübt den Kasperles nach. Es war ihnen wirklich leid um die kleinen drolligen Kerle. Und sie sagten zu einander: „Nun liegen sie irgendwo zerschlagen, schade, sehr schade." Sie wußten aber nicht, wie gut ein Kasperle purzelbaumen kann. Die beiden purzelbaumten durch die Luft wie durch Meister Drillhoses Wohnstube und landeten unzerschlagen, nur etwas dösig, auf einer großen Strohmiete, inmitten eines Feldes. Da lagen sie und mußten sich erst besinnen, wie sie hergekommen waren.

Das erste, was Kasperle sagte, war: „Ich habe Hunger."

„Ich auch," schrie Bimlim.

„Wer redet da oben?" fragte eine grobe Stimme. Ein Bauer stand mit Sohn, Tochter, Knecht und Magd an der Strohmiete und sagte zu den Seinen: „Da oben sitzen zwei Bummler, die wollen wir ordentlich vornehmen."

„Wir machen Teufelsgesichter," flüsterte Kasperle, und auf einmal grinsten zwei rotbehoste Teufel von oben herab.

Die Magd riß zuerst aus, die Tochter folgte.

Bauer, Sohn und Knecht blieben noch stehen und sagten: „Das sind aber komische Kerle, vielleicht sind es Räuber."

„Ja," kreischte Kasperle und griff dem Bauern in die Haare.

Bimlim wollte das beim Knecht nachmachen, er faßte aber dessen Nase und zerrte so gewaltig daran, daß der Knecht sich laut schreiend losriß und davonlief.

Zwei gegen zwei, dachte der Sohn, ich laufe auch davon. Da rannte der Sohn davon und der Vater lief hintendrein, ihnen nach aber schrien die Kasperles, daß den Ausreißern himmelangst wurde.

Sie liefen ins Dorf und schrien dort: „Räuber sind auf der Strohmiete, die dem Ortsvorsteher gehört."

„Nein, Teufel sind's," schrie die Magd.

„Ja, Teufel."

„Die Feuerspritze anspannen lassen," gebot der Ortsvorsteher.

„Alle müssen mit, die freiwillige Feuerwehr soll aufmarschieren."

„Los, eins, zwei, drei!"

Und hinaus zum Dorf marschierte die freiwillige Feuerwehr und hintendrein Buben und Mädels. Die durften nicht fehlen.

Leichtsinnig wie sie waren, hatten sich die zwei erst einmal auf dem Stroh gehörig ausgestreckt, dann waren sie eingeschlafen. Sie schnarchten sich gegenseitig etwas vor und merkten nichts von dem, was um sie herum vorging.

Auf einmal sagte unten eine Stimme: „Los, sie liegen noch oben,“ und schschsch, schschsch, sauste ein Wasserstrahl über die beiden.

Davon wachten sie freilich auf und sie fingen ungeheuerlich zu brüllen an.

„Das müssen ein paar Riesenkerle sein, die so brüllen können,“ sagten die Dorfleute, „die müssen noch ein Güßlein haben,“ und schschsch, schschsch, ging es wieder über die beiden hin.

O je! Laut brüllten sie, sie dachten, es wäre ein ungeheurer Regen über sie gekommen.

„Jetzt die große Leiter angesetzt,“ sagte nun der Ortsvorsteher.

„Zwei müssen hinauf! Wer?“

Es hatte aber keiner Lust, zu den brüllenden Ungeheuern hinaufzusteigen, und die Bauerntochter schrie auch immer: „Es sind Teufel, nehmt euch in acht.“

Sie berieten unten so lange, daß die beiden oben den ersten Schreck überwunden hatten.

„Mach ein Teufelsgesicht, Bimlim,“ flüsterte Kasperle.

„Hört ihr sie reden?“ sagte unten der Ortsvorsteher. Und weil er doch der Ortsvorsteher war, wollte er seinen Mut zeigen und begann langsam, sehr langsam die Leiter emporzusteigen.

„Schschiiii!“ fuhren die beiden mit ihren Teufelsgesichtern an den Rand des Strohlagers.

Da lag der Ortsvorsteher am Boden und die freiwillige Feuerwehr ergriff die Flucht. Heidi riß alles aus!

Es waren aber unter den Kindern zwei Buben, die ergriffen den Schlauch, und da noch Wasser im Wasserwagen war, bekamen die beiden oben wieder ein tüchtiges Güßlein.

Und während der eine spritzte, stieg der andre die Leiter empor, und da sah er die Kasperles. Ein unbändiges Lachen tönte den Fliehenden nach; die drehten sich um und sahen den Buben auf der Leiter stehen und lachen.

Kasperle schnitt zwar alle Teufels- und Räubergesichter, die er kannte, aber Oswald, so hieß der Bube, ließ sich kein bißchen schrecken. Er griff zu und packte das spuckende, schreiende Kasperle fest im Genick und zog es über die Leiter. „Ein Junge, der sich als Kasperle angezogen hat," rief er.

„So ein frecher Bengel," schrie der Ortsvorsteher.

„Nä," schrie Kasperle, „ich bin ein Kasperle und bin aus dem Flugzeug gefallen und . . ."

„Warum nicht vom Monde?" spottete Oswald.

„Nä, daher komme ich nicht, ich bin eben ein Kasperle."

„Ich bin auch ein Kasperle." Bimlim kam auch zum Vorschein, und wie die beiden mit ihren großen Nasen und den drolligen Gesichtern vor den Dorfleuten standen, mußten die lachen. „Sie sehen wirklich wie Kasperles aus."

Da dachten die beiden, es ist am besten, wir zeigen ihnen, was wir können, und sie fingen an, Gesichter zu schneiden und Arme, Beine, Ohren, Nasen und sonst noch etwas zu verrenken. Dabei lachten sie ihr vergnügtes Kasperlelachen und bald hallte das Feld wider vom Gelächter der Dorfleute.

Der Ortsvorsteher sagte: „Ihr wollt wohl nach Leipzig zur Messe?"

„Ja, essen," schrie Peringel, der es falsch verstanden hatte, und Bimlim schrie mit.

„Habt ihr Hunger?“

„Ja!“ „Aber feste,“ setzte Peringel, der Schlingel, hinzu.

„Dann kommt herunter, wir wollen euch etwas zu essen geben,“ sagte der Ortsvorsteher.

Das Herunterkommen war einfach, die beiden purzelbaumten von ihrer Feste herab und rissen drei Kinder, einen Bauern und eine Ziege um, die auch neugierig gewesen war.

Das gab ein Hallo!

Die gefallen waren, schimpften, die anderen, die aufrechtstanden, lachten, zuletzt aber lachten alle, und die beiden Kasperles wurden ins Dorf geführt. Dort sagte der Ortsvorsteher: „Wollt ihr bei mir essen?“

„Ja,“ rief Kasperle Peringel.

„Ich dachte bei mir, wir haben Kaffee und Kuchen.“

„Das essen wir auch,“ schrie Kasperle.

„Ich dachte bei mir, wir haben Schweinebraten und Sauerkraut.“

„Essen wir auch,“ Kasperle nickte.

„Wir haben Klöße mit Birnen.“

„Und wir Milchreis und Apfelschnitze.“

„Wir Kartoffelbrei mit Leber.“

Und zu allem nickte Kasperle, denn eins schien ihm verlockender als das andre.

„Na, dann sagt doch, wo ihr essen wollt,“ sagte der Ortsvorsteher ein bißchen ungeduldig.

„Überall,“ schrien die Kasperles wie aus einem Munde.

„Überall, ja ihr wollt doch nicht sechsmal zu Mittag essen?“

„Doch, ist doch fein,“ riefen die Kasperles vergnügt, „da wird man mal satt.“

„Na, die sind gut," sagten die Bauern. Sie glaubten aber nicht an die sechs Mittagessen, doch als die Kasperles begannen, da sagte jeder Bauer zum andern: „Gut, daß sie bei dir auch essen, sonst hätten sie bei mir alles aufgegessen."

Bimlim konnte nur fünfmal essen, Peringel, der Schlingel, klopfte sich nach dem sechsten Mal auf sein Bäuchlein und sagte: „Endlich mal satt."

„Nun seid ihr so dick gegessen, nun könnt ihr keine Vorstellung geben, worauf alle Kinder warten," sagte Oswald betrübt.

„Ich kann schon." Peringel fing schon zu zappeln an.

Und er konnte.

Fein konnte er spielen. Zuletzt tat Bimlim doch mit, und die Dorfkinder kamen aus dem Lachen nicht heraus. Sie belachten jeden Witz und glaubten alles, was die Kasperles sagten. Am liebsten wären sie alle mit nach Leipzig auf die Messe gezogen. Das ging nun nicht, aber Gröschleins brachten sie und Zweipfennige, keine Hosenknöpfe, da bekamen die Kasperles genug Geld, um mit der Eisenbahn nach Leipzig zu fahren.

Kasperle war noch nie mit der Eisenbahn gefahren. Ja, er erinnerte sich nicht, überhaupt eine gesehen zu haben. Und nun sollte er in den langen Zug steigen, der auf der kleinen Dorfstation hielt. Die Kinder hatten alle die Kasperles hingebracht auf den Bahnhof und Kasperle fragte aufgeregt: „Wo ist denn der, der uns fährt?"

„Da ist der Herr Zug," schrie Oswald, als der Zug brausend einfuhr. Kasperle machte eine tiefe Verbeugung, so wie er sie einst vor dem Herzog August Erasmus gemacht hatte. Und er stupste Bimlim, der mußte auch eine machen.

„Vor wem verbeugt ihr euch denn?" fragte ein Schaffner, der das sah.

„Na, vor dem Herrn Zug."

„Donnerwetter, ihr seid aber höfliche Fahrgäste." Der Schaffner lachte, öffnete ein Abteil vierter Klasse und schob die beiden hinein: „Einsteigen, der Herr Zug wartet nicht."

„Ich muß erst Abschied nehmen," rief Kasperle und eins, zwei, drei, kobolzte er aus dem Zug wieder heraus, Bimlim ihm nach.

Da fuhr der Zug los, und Schaffner, Kinder, alles schrie: „Hier bleiben!" aber die beiden blieben nicht. Wuppdiwupp waren sie wieder drin, diesmal aber waren sie in ein Abteil zweiter Klasse geturnt und Kasperle saß einer alten Dame auf dem Schoß, während Bimlim einem Herrn den Hut vom Kopf stieß.

„Was sind das für freche Jungen!" rief die Dame.

„Huch, wir sind keine Jungen."

„Was seid ihr denn?"

„Kasperles!"

Die Dame mußte lachen, denn Kasperle sah sie so unglaublich verschmitzt an.

„Die sind von Holz."

„Nä, von Holz sind wir nicht. Wir sind echte Kasperles."

„Kann denn das stimmen, Herr Professor?" fragte die Dame einen Herrn, der eine große Brille auf der Nase hatte.

„Unmöglich," sagte der, „so eine Gestalt gehört in die Märchenwelt, es sind zwei Jungen, die sich den Spaß machen, als Kasperles verkleidet zu gehen. Wissenschaftlich lehne ich sie ab."

„Nä, wir sind keine Jungen, wir sind Kasperles."

„Stille!"

„Nä!" Die beiden schrien und zappelten, und auf einmal sah Kasperle zum Fenster hinaus und rief: „Da, die Bäume laufen weg!"

Er wollte zum Fenster hinausspringen, den fliehenden Bäumen nach, aber die Dame hielt ihn am Hosenbödle: „Du fällst ja hinaus."

„Ich bin heute schon mal aus dem Flugzeug gefallen," erzählte Kasperle.

„Unsinn, da müßtest du doch zerschlagen sein."

„Nä, bin ich nicht.“ Und nun erzählte Kasperle seine Erlebnisse, und dann erzählte er von Meister Hirsebrei und Meister Drillhose und daß die auch nach Leipzig zur Messe kommen wollen.

Und plötzlich sagte der Professor: „Es ist unglaublich, wie der Junge schwindeln kann.“

„Ich schwindle nicht.“

„Alles ist erlogen.“

„Nä!“ Kasperle zitterte vor Ärger. Auf einmal machte er ein Teufelsgesicht und die Dame erschrak so, daß sie umfiel und eine Ohnmacht bekam.

War das eine Begebenheit!

Der Professor goß gleich eine ganze Flasche Kölnisches Wasser über sie und Kasperle wurde gescholten, er hätte mit seinen Faxen das Unglück verschuldet. Gleich machte Kasperle ein Prinzessin-Gundolfine-Gesicht. Darüber erschrak nun der Professor gewaltig. Alle seine Wissenschaft konnte sich die seltsamen Kasperlegesichter nicht erklären und er sagte streng: „Sie müssen Haue haben.“

„Nä,“ schrie Kasperle, sah das offene Fenster und purzelbaumte hinaus und Bimlim ihm nach, gerade an der Nase des Professors vorbei.

„Sie werden überfahren,“ schrien alle.

Aber die beiden wurden nicht überfahren. Sie landeten gerade auf dem Bahnsteig, als der Zug in die Riesenhalle des Leipziger Bahnhofs einfuhr. „Herrjeses,“ rief ein Gepäckträger, „da fliegen ja die Goffer schon zum Fenster raus.“

Und dann, als die Kasperles auf ihren Beinen standen, sah er sie erstaunt an und brummelte: „Wees Gnebchen, das sind gar keene Goffer, das sind Jungen.“

„Nä, wir sind keine Jungen.“

„Na, was seid ihr dann?“

„Kasperles!"

„Ihr gehört wohl auf die Messe?"

„Ja."

„Na, da macht mal hin. Sie hat gerade angefangen."

Die Kasperles kommen in Leipzig an

Die Kasperles standen ganz verloren auf dem Riesenbahnhof in Leipzig. Sie waren ganz benommen von dem Lärm ringsum und beinahe hätten sie angefangen zu heulen. Aber da kam auf dem andern Gleise ein Zug, der pfiff laut und Peringel pfiff ihm nach, so gellend, daß alle Leute erschraken.

Ein Schaffner schnauzte die beiden an: „Warum pfeift ihr denn so?"

„Ich pfiff nicht!" schrie Bimlim.

„Aber ich, wie der Herr Zug." Kasperle fand, das Pfeifen sei eine rechte Heldentat gewesen, und er konnte nicht begreifen, warum der Schaffner so fürchterlich schalt. Das war überhaupt ein unguter Mann: „Wie seht ihr denn aus, wer seid ihr denn?" fuhr er die Kasperles an. Die wußten nun schon, daß sie immer ausgelacht wurden, wenn sie sich Kasperles nannten, darum sagte Peringel, der Schlingel: „Das ist ein Prinz und ich bin Herr Stopps. Wir wollen zur Messe."

„So seht ihr aus. Wohl ein Prinz aus dem Affenlande?"

„Ja," schrie Peringel und schnitt sein fürchterlichstes Gesicht.

Heisa, bekam der Schaffner einen Schreck!

Er trat gleich einer Dame auf den Fuß, die warf wieder ihren Koffer einem Herrn an den Magen, der stolperte und riß ein Fräulein um, die klammerte sich an einen Gepäckträger, der ließ seine Koffer fallen und etliche stolperten darüber und das alles nur, weil Kasperle ein Räubergesicht gemacht hatte.

Es war schon schlimm.

Der Schaffner schrie, das wären verdächtige Kerle, die müßten verhaftet werden. Da dachten die Kasperles, nun müssen wir ausreißen. Ihre Karten hatten sie verloren und weil sie sahen, daß alle ihre Karten abgaben, kobolzten sie auf einmal über Schaffner und alle Leute hinweg und waren jenseits der Sperre, ehe der Schaffner noch ausgeschrien hatte, man solle sie verhaften.

In dem Menschenstrom, der durch den Leipziger Bahnhof flutete, gelang es den Kasperles, zu entwischen. Es sagten zwar etliche Menschen: „Was sind denn das für komische Kerle?“ Ehe sie aber noch recht hinschauten, waren die Kasperles schon ein Stück weiter. Und weil viele Reklameträger in diesen Tagen in Leipzig, seltsam angezogen, umherwimmelten, wurden die Kasperles von allen für Reklameträger gehalten, die sich auch ein bißchen das Meßtreiben ansehen wollten.

Die Kasperles kamen unten in die große Halle des Bahnhofs und ein Herr, der vor Peringel ging, sagte: „Ich nehme mir ein Auto.“

Flugs sagte Peringel: „Wir nehmen auch eins.“

Er sah den Herrn hinaustreten, der hatte eine Blechmarke bekommen, woher wußte Peringel nicht, er dachte aber, ich passe auf, was er sagt.

„Hundert!“ schrie der Herr und gleich kam ein Auto.

Aha, dachte Peringel, man muß eine Zahl wählen, weil er aber mit dem Zählen nicht Bescheid wußte, stellte er sich hin und rief: „Eine Million!“

Da lachten alle, denn so weit gingen die Nummern der Leipziger Autos denn doch nicht.

„Du mußt dir ’ne Marke holen, Kleiner,“ sagte ein Gepäckträger.

Kasperle machte so ein dummes, erstauntes Gesicht, daß wieder alle lachten.

Immer auslachen wollte sich Kasperle nicht lassen, also lief er in den Bahnhof und schrie da mit lauter Stimme: „Wo krieg’ ich ’ne Marke?“

„Oben links ist Post,“ antwortete einer. Da rannten Peringel und Bimlim nach oben und forderten dort eine Marke.

„Zu wieviel?“ fragte der Beamte.

Kasperle sperrte den Mund weit auf.

„Wieviel sie kosten soll?“ Der Beamte dachte, der ist doch aus Dummsdorf.

„’n Gröschle!“ schrie Peringel, der wohl mal wieder dachte, der Frager wäre stocktaub.

„Also hier eine Zehnpfennigmarke.“

Nun rannten die beiden Kasperles wieder in großer Eile hinab, unten stellten sie sich auf und Kasperle brüllte: „’n Auto!“

„Hast du ’ne Nummer?“

„Hier!“ Kasperle hielt dem Frager seine Marke hin: „’n Gröschle hat sie gekostet.“

„Jemine, ihr seid wohl aus Schilda,“ rief der Mann, „dort ’ne Blechmarke mußt du dir geben lassen, bei dem Schutzmann.“

Kasperle erschrak. Nach einem Schutzmann hatte vorhin der Schaffner gerufen, nun hatte er keine Lust, zu einem zu gehen, und sagte: „Bimlim, wir gehen.“

Da gingen sie beide, aber nach drei Schritten lagen sie schon auf der Straße, sie hatten einen Radler angerannt. Der schimpfte und stand glücklicherweise wieder unversehrt auf. Aber böse war er, jemine! Die Kasperles bekamen einen Heidenschreck. Sie wollten ausreißen, wären aber unter ein Auto geraten, wenn ein Schutzmann sie nicht gehalten hätte. „Wo wollt ihr denn hin?“ Der Schutzmann sah die beiden verwundert an und die greinten kleinlaut: „Auf die Messe.“

„So seht ihr aus.“

Der freundliche Mann beschrieb nun den beiden den Weg, aber die wußten natürlich nicht, was rechts und links war, und statt rechts gingen sie links, gerieten beinahe wieder unter ein Auto und landeten endlich auf dem Augustusplatz.

Das war ein großer, weiter Platz, auf dem die Menschen sich drängten. Aus einem Hause kam ein süßer Duft und Peringels Nase bekam es gleich heraus, es roch nach Kuchen.

„Wir holen welchen," sagte Peringel, und flugs gingen beide in das Haus. Da sahen sie nun an den Tischen Menschen sitzen, die Kaffee und Schokolade tranken und sehr viel Kuchen aßen. Das kam den beiden spaßhaft genug vor, sie hätten sich gern auch gesetzt, aber es war kein Tisch frei.

„Oben ist noch Platz," sagte der Kellner.

„Wo denn?" Peringel guckte mit den Augen zur Decke empor. In diesem Augenblick standen etliche Damen und Herren auf und schwupp saßen die beiden schon. Zwei Damen setzten sich auch noch an den Tisch, und der Kellner kam und sah die Kasperles mißtrauisch an: „Habt ihr denn auch Geld?"

„Viel Geld." Kasperle holte das Geldsäckchen heraus, das Oswald ihm gegeben hatte. Es war voll Kleingeld, aber ein Dreimarkstück war auch drin. Kasperle zog es heraus und sagte: „Für das große Gröschle Schokolade und Kuchen, viel Kuchen."

„Den müßt ihr euch aussuchen, da."

Er zeigte auf ein Büfett, das voller Kuchen stand, und die beiden ließen sich das Aussuchen nicht vergeblich sagen. Sie liefen hin und Kasperle tippte an einen Kuchen mit dem Finger: „Den da will ich und den da." Das Fingerlein saß in Buttercreme tief drin, und die Dame am Büfett sagte ärgerlich: „Anfassen ist verboten."

„Den da und den da." Nun saß auch Bimlims Finger in Buttercreme, und das Fräulein fing heftig zu schelten an. Da zogen die beiden ab, obgleich sie sich gern noch mehr ausgesucht hätten. Sie mußten, als der Kellner mit den Kuchen kam, der schon in Schlagsahne schwamm, noch viele ihrer kleinen Gröschlein dafür geben, denn immer sagte der Kellner: „Es langt noch nicht."

Endlich stand auch die Schokolade vor den beiden und Kasperle schrie: „So ein kleines Täßle!“

„Du bist ja ein rechter Nimmersatt,“ sagte die eine Dame.

„Du auch,“ antwortete Kasperle flugs und dachte, er wolle ein Späßchen machen, und flink fuhr er mit seinem Löffel der Dame in die Schlagsahne.

„Das ist empörend!“ Die Dame war ganz entrüstet und sie sagte zu ihrer Gefährtin: „Über eine solche Tischgesellschaft kann man in Ohnmacht fallen.“

„Wenn du in Ohnmacht fällst, stell’ ich dich auf den Kopf, das ist gut.“

Die Dame wollte sich ärgern, aber auf einmal lachte Kasperle sie so vergnügt an, daß sie auflachen mußte, und da versenkte Kasperle seine Nase in die Schokolade. Er tauchte wirklich die ganze Nasenspitze hinein. Und dann fing er an, den Kuchen zu schlecken. Er schmatzte dabei wie ein Ferkelchen und an den Tischen nebenan wurden die Leute aufmerksam. So ein Geschmatze und Geschlürfe war man hier nicht gewöhnt. Die beiden Damen, die mit an dem Tisch saßen, ärgerten sich nun, aber allemal, wenn sie in die lustig blickenden Kasperleaugen sahen, mußten sie lachen.

„Wie die beiden so unmanierlich sind!“ sagte ein Herr an einem Nebentisch und schaute grillig auf die Kasperles.

„Was sagt der?“ fragte Peringel und deutete mit dem Fingerlein auf den Herrn.

„Er sagt, du ißt wie ein Schweinchen, das du auch bist,“ antwortete die Dame.

„Ich bin schon fertig.“ Kasperle, der wohl wußte, was ein Schweinchen war, stopfte vor Verlegenheit ein halbes Stück Torte auf einmal in den Mund.

„Du wirst ersticken,“ rief die Dame.

„Nä.“ Kasperle grinste, tippte mit seinem Fingerlein der Dame auf ihre Torte: „Ißt du die nicht?“

„Nein, weil du davon gegessen hast.“ Kasperle konnte das zwar nicht begreifen, aber er dachte, was andre nicht essen, kann ich essen, und eins, zwei, drei schnabulierte er der Dame ihre Torte vor der Nase weg.

„Das ist unerhört!“ Der grillige Herr regte sich auf, obgleich es nicht seine Torte war, die Peringel mit großer Eile verspeiste. Er schmatzte dabei wieder und jemand rief: „Man muß die unmanierlichen Kinder nauswerfen!“

Da standen aber schon Peringel und Bimlim auf, denn die Geschichte schien ihnen gefährlich zu werden. Sie wollten geschwind naus, ein Kellner wollte geschwind rein. Es ging, wie es bei großer Eile geht, die drei stießen zusammen und es gab einen ungeheuren Krach. Auf einmal saß Bimlim in einem Berg Schlagsahne drin und er wollte sich gerade besinnen, was in dieser Lage zu tun wäre, als ihn Peringel emporzog und ihm zuflüsterte: „Ausreißen!“ Ehe Kellner und Gäste noch wußten, wie und was, waren die beiden schon draußen und jagten draußen die Straße entlang. Auf einmal sagte Peringel zu Bimlim: „Bleib’ stehen, du hast Schlagsahne an der Hose, ich lecke sie ab.“

Da lag Bimlim schon auf der Erde, er war aber verkehrt herumgefallen und die Schlagsahne wischte auf der Straße herum. Da konnte sie selbst Peringel nicht mehr auflecken.

Inzwischen war es dämmrig geworden und die Kasperles sahen erstaunt, wie viele Lichter angezündet wurden. Die Stadt war bald ein Lichtermeer und die Kasperles gingen wie betäubt durch die schmucken Hauptstraßen der inneren Stadt. Was gab es da alles zu sehen! Dinge, von denen sie keine Ahnung hatten, was sie bedeuteten. Vor einem großen Strumpfgeschäft blieb Peringel stehen und schrie: „Da haben sie jemand die Beine abgeschnitten!“

Er schrie so laut, daß es die Vorübergehenden hörten und alle lachten. Ein Mann aber sagte: „Geh’ nur, für einen Taler schneiden sie dir auch deine Beine ab.“

Kasperle schrie laut und rannte die Straße entlang, gerade einem Schutzmann in die Arme. Der hielt ihn fest: „Was hast du denn?“

„Der will mir die Beine abschneiden,“ schrie Kasperle.

„Wer denn?“

„Der da.“

Peringel deutete auf einen Mann, der dem Necklustigen ähnlich sah, der aber gar kein Wörtchen gesagt hatte.

„Wie können Sie das Kind mit einem so dummen Witz aufregen?“

„Was soll ich getan haben?“

„Du hast gesagt, für einen Taler wird mein Bein abgeschnitten,“ schrie Kasperle.

„Unsinn, ist mir gar nicht eingefallen.“

„Du tust lügen.“

„So ein frecher Schlingel.“

„Peringel! Peringel!“ schrie Bimlim mit lauter Stimme. Er hatte den Gefährten verloren und fürchtete sich entsetzlich.

„Peringel! Peringel! Du Schlingel, wo bist du denn?“

„Hier!“ Peringel brüllte, daß dem Schutzmann beinahe die Ohren platzten, und im nächsten Augenblick sausten die Kasperles die Straße entlang und verschwanden.

„Wer war denn das?“ fragte der Schutzmann verwundert.

„Zwei sehr unmanierliche Jungen,“ antwortete ein Herr, der die Sache beobachtet hatte, „ich hab’ schon gesehen, wie sie sich bei Tische in der Konditorei benommen haben, unglaublich.“

Werde sie mir merken, dachte der Schutzmann, die gehen sicher auf die Messe und heute abend bin ich da, da werde ich aufpassen.

Die beiden wären wohl wer weiß wohin gelaufen, wenn nicht ein Spielwarenladen gekommen wäre, in dem lauter Kasperles ausgestellt waren.

Bums! blieben die beiden stehen, standen und staunten. So etwas hatten sie noch nie gesehen. Da gab es Puppen in allen Größen und Felltiere, Affen, Bären, Pferde und Wagen. Das Erstaunlichste aber waren doch die Kasperles, die hatten nämlich nach Ansicht der beiden gar keine Kasperlegesichter.

„Mach's so!" schrie Peringel und tippte an die Scheibe, und dabei machte er ein Räubergesicht. Bimlim machte es ihm nach, aber das Kasperle im Laden blieb still bei seinem dummen Gesicht.

„So macht er's." Bimlim machte es dem im Laden nach.

„So macht's der andere." Peringel machte es auch einem Kasperle nach und die beiden fingen an zu lachen, weil die dummen Kasperles ihre Gesichter nicht veränderten.

„Sie sind von Holz," sagte Bimlim verächtlich.

„Elende Holzdinger," schrie Peringel.

„Wir wollen ihnen mal was vormachen."

Die beiden schnitten Gesichter in den Laden hinein, das sahen ein paar Jungen, die blieben stehen und sagten: „Die können es fein."

Andere Buben und Mädels kamen herzu, alle standen und bewunderten die Kasperles.

„Dreht euch doch um," rief plötzlich ein Junge, „wenn ihr immer in den Laden guckt, können wir euch nicht ordentlich sehen."

Da drehten sich die Kasperles um, und als sie die vielen Kinder sahen, schnitten sie die unglaublichsten Gesichter.

Das Gedränge vor dem Laden wurde immer größer.

„Die sind fein, die sind von der Messe," redeten ein paar Stimmen.

„Jetzt kommt ein Schutzmann," sagte jemand.

„Au! Au!" schrien etliche. Über ihre Köpfe weg turnten die Kasperles, schossen Purzelbäume gerade auf ein Auto hinauf.

„Halt, halt!“ riefen dem Fahrer ein paar Leute zu, der aber schrie: „Ich war's nicht!“ Er dachte, es wäre jemand überfahren worden und er sollte angezeigt werden. Ein Schutzmann lief dem Wagen nach und schrie: „Halten, halten!“ aber der Chauffeur schrie nur immer: „Ich war's nicht, ich war's nicht!“

In dem Auto saßen ein paar Damen, die auch nicht die Kasperles auf dem Verdeck sehen konnten.

Der Wagen hielt vor einem großen Hause, die Damen stiegen aus, und weil es schon recht dämmrig geworden war, sahen weder Chauffeur noch Damen die beiden Kasperles, und ein Herr, der das Auto anrief und „Meßplatz“ verlangte, sah sie auch nicht.

So kamen die beiden zum Meßplatz, aber dort wurden sie gesehen und es gab ein großes Geschrei, als die beiden vom Verdeck herabpurzelten. Aber nicht lange hielt das Rufen an, die beiden waren im Umsehen verschwunden, hatten sich im Gewirr des Meßplatzes verloren.

War das ein Leben! Der Torburger Festplatz war dagegen ein Kinderspiel. Und diese Flut von Licht über den ganzen riesengroßen Platz! Den Kasperles wurde es ganz bang um die beiden kleinen Kasperleherzen, sie sehnten sich auf einmal schrecklich nach Torburg zurück. Peringel kam auf den Einfall, mit einem Auto nach Torburg zu fahren.

„Hast du Gröschlein genug?“ fragte Bimlim.

„O ja,“ sagte Peringel und holte seinen Geldbeutel heraus, da waren Gröschlein und Zweipfennige drin. Er ging ganz stolz auf einen Chauffeur zu und sagte: „Nach Torburg.“

„Du meinst wohl Tonberg?“ (das ist ein Vorort von Leipzig) sagte der Chauffeur.

„Nä, Torburg.“

„Wo liegt denn das?“

„In Franken,“ sagte ein Mann, der vorüberging.

„Dahin wollt ihr fahren, habt ihr auch Geld?"

„Ja, viel."

Ein Schutzmann hörte das und er dachte, wenn zwei so kleine Jungen nach Torburg fahren wollen und sagen, sie hätten viel Geld, dann ist die Sache verdächtig.

„Zeigt mal das Geld," sagte gerade der Chauffeur.

Kasperle hielt ihm sein Geldbeutelchen hin. Der Mann zählte: „70 Pfennige, aber Jungens, ihr seid wohl piepe! Damit wollt ihr Auto fahren?" Alle Leute, die herumstanden, lachten, und der Schutzmann lachte mit. „70 Pfennige, damit Auto fahren. Macht, daß ihr nach Hause kommt!" rief der Mann.

„Aber wir müssen doch zu Meister Drillhose und Meister Hirsebrei und Madame Käsewurm."

Da lachten alle noch mehr und der Schutzmann sagte: „Wo wohnt ihr denn?"

Ja, er konnte gut fragen. Die beiden waren wie der Blitz verschwunden.

„Da stimmt etwas nicht," sagte der Schutzmann.

„Nein, da stimmt etwas nicht," sagte auch der Chauffeur.

„Hier stimmt auch etwas nicht, hier kriecht etwas herum," sagte eine Pfefferkuchenfrau und sah unter ihren Verkaufstisch. Da saßen die Kasperles darunter und Peringel schmauste gerade einen Pfefferkuchen.

„Der hat da gelegen," rief er erschrocken.

„Da liegen noch mehr, wenn du die alle aufessen willst, dann . . ."

„Ja," rief Kasperle, der das für eine freundliche Aufforderung nahm.

„Nun," rief die Frau, die es anders gemeint hatte, „dann hau' ich dir den Buckel voll." Das war unfreundlich. Die beiden Kasperles dachten wieder, es ist am besten, wieder auszureißen, denn man kann nie wissen, was so einer Pfefferkuchenfrau alles einfällt. Also rissen die beiden mal wieder aus, und weil sie nicht wußten, was sie tun sollten, krochen sie unter die

Plane einer Bude. Diese Verkaufsbude war schon geschlossen und die beiden dachten, sie würden hier ordentlich ausschlafen können.

„Ich möchte hundert Jahre schlafen,“ sagte Bimlim.

„Nä, bitte nicht, das ist zu lange,“ schrie Peringel lauter, als gerade nötig war.

„Wer spricht denn hier?“ fragte jemand.

„Stille,“ tuschelte Peringel, „da steht ein Schutzmann.“ Es stand wirklich einer da. Er kam auch heran und hob die Plane hoch. Aber die Kasperles hatten sich geschwind hinter eine große Kiste versteckt, da sah er sie nicht.

Ich werde die Bude im Auge behalten, dachte er, geheuer ist es da nicht.

Das war ein guter Vorsatz für einen Schutzmann, aber ein schlimmer für Kasperles, die gerne ausschlafen wollten.

Kasperle auf der Leipziger Messe

Es wurde auch nichts mit dem Ausschlafen. Auf einmal hörte nämlich der wachsame Schutzmann ein sonderbares Geräusch.

„Hörst du,“ sagte er zu seinem Gefährten, „wer ist das?“

„Einbrecher.“

„Aber recht ungeschickte, die machen ja einen Höllenlärm.“

Währenddem kam eine Dame, die in der Schießbude half und schrie: „Bei mir brechen sie ein!“

„Schreien Sie doch nicht so, sonst fangen wir sie nicht,“ tuschelte der Schutzmann.

Aber die Schießbudendame war etwas aufgeregt, sie rief laut: „Hilfe, Hilfe, Einbrecher!“

Die Einbrecher waren aber etwas komisch, die ließen sich gar nicht stören, sie sägten ruhig weiter.

Und wer waren die Einbrecher?

Die Kasperles, die lagen in einer Kiste mit Holzwolle und schnarchten, was sie nur konnten, als der Schutzmann die Plane hochhob.

„Kasperles!“ riefen alle.

„Lebendige!“ Die Schießbudendame sagte gleich: „Die sind sicherlich aus der Kasperlebude ausgerückt. – Steht ihr mal auf!“

Die beiden standen aber nicht auf, die schnarchten ruhig weiter.

„Hört ihr, steht auf!“ der Schutzmann brüllte sie an, die beiden wachten nicht auf.

„Ihr steht auf!“ rief ein Budenbesitzer.

Immer noch rührten sich die beiden nicht.

„Ich gieße ihnen mein Deppchen Goffee über den Gopp,“ sagte ein Aufseher.

Und gesagt, getan. Der Kaffee war warm und davon wachten die beiden dann auch auf. Und als sie so viele fremde Menschen um sich stehen sahen und der Kaffee ihnen warm über die Nase lief, da brüllten sie los.

„Jemine, ja so’n Deppchen Goffee hilft immer, auswendig oder inwendig, je nach Bedarf,“ sagte der Aufseher gemütlich.

„Wer seid ihr denn?“

„Kasperles.“

„Wohl aus der Bude da drüben?“ fragte der Aufseher.

„Nä, wir sind geflogen.“

„Ach so, rausgeflogen?“

„Nä, durch die Luft.“

Nun erzählten die Kasperles ihr Abenteuer und niemand glaubte ihnen.

„Ihr seid mir scheene Schwindelmaiers,“ sagte der Aufseher.

„Wir schwindeln nicht.“

„Doch, aber feste! Da kommt der Kasperlemann, der kann's gleich sagen." Den Kasperlemann hatte die Schießbudendame herbeigeholt. Aber die Kasperles hatten keine Lust mehr, etwas zu sagen, und sie hätten wohl geschwiegen, wenn nicht der Schutzmann, der sie sich gemerkt hatte, dazu gekommen wäre. Der machte den maulfaulen Kasperles Beine. Huppdihupp sprangen sie in die Höhe und wollten ausreißen, aber es standen diesmal zu viele Menschen da und zwei Männer packten die Schelme und herrschten sie an: „Hier geblieben, ihr Einbrecher!"

„Wir sind keine Einbrecher, wir sind Kasperles."

„Wie heißt ihr?" Der Kasperlemann rannte vor Eile gleich einen Schutzmann um.

„Lebendige Kasperles!"

„Jemine, ihr seid wohl vom Himmel gefallen?"

„Ja, aus 'nem Flugzeug."

„Glauben Sie doch den Schwindelpetern den Unsinn nicht," sagte ein Herr, aber der Kasperlemann belehrte ihn, daß das wohl stimmen könnte. Es gibt auf der Welt zwei echte Kasperles, die einmal von der Kasperle-Insel geraubt worden waren und von Zeit zu Zeit lange schliefen und auf diese Weise lange lebten. „Stimmt das?" fragte er.

„Ja," die beiden nickten, bei dem Gedanken an ihre Heimatinsel waren sie beide traurig geworden und ihre sonst so lustigen Kasperlegesichter sahen ganz wehmütig drein.

„Wie heißt ihr denn? Peringel und Bimlim?"

Auf einmal klärten sich die Gesichter der beiden auf, da war doch jemand, der ihre Namen kannte.

Sie wollten gerade anfangen zu erzählen, als der Kasperlemann rief: „Nicht erzählen, das kommt in die Zeitung." Und dann bat er in beweglichen Tönen, die beiden sollten zu ihm kommen, er wäre ein ganz armer Mann und hätte nicht einmal Geld genug, die Platzmiete für sein Budchen zu zahlen und zu essen hätte er auch nichts.

„Ich hab' aber Hunger," schrie Peringel, und Bimlim echote: „Ich auch." Das war schlimm und es war gut, daß sich unter den Zuschauern ein paar mitleidige Leute fanden, die gaben Geld für Semmeln und Würstchen und die beiden Kasperles aßen, so viel sie nur bekamen. Dann gingen sie mit dem Kasperlemann in die Bude und legten sich dort zum Schlaf nieder.

„Schlaft aber nicht hundert Jahre, so lange kann ich nicht warten."

Das versprachen auch die beiden, und richtig wachten sie am nächsten Morgen zu rechter Zeit auf.

Am Vormittag brauchten sie nicht zu kaspern, denn das Publikum, das zusah, kam erst am Nachmittag.

„Jetzt fangt an," sagte der Kasperlemann, als sich die beiden Faulpelze ihren Nachmittagsschlaf aus den Augen rieben, „es sind schon Kinder da."

Peringel guckte zuerst hinaus.

„Da ist 'n neir Goasber," riefen die Kinder.

„Ein Kasperle bin ich."

„Nu ja, 'n Goasber."

„Nä, ein Kasperle."

„Nu freilich, 'n Goasbörlä."

Da kam Bimlim heraus und rief: „Ich bin der berühmte Prinz Bimlim."

„Uhjeh, Brinz Pimlim."

„Nä, Bimlim."

„Nu ja, Pimlim."

Die Leipziger Kinder konnten gar nicht begreifen, warum die beiden immer ihre Namen wiederholten. Sie fragten:

„Woher kommt ihr denn?"

„Vom Monde," rief Kasperle geärgert.

„Das ist aber weit."

„Freilich, sehr weit."

„Wie lange biste denn gereist?"

Mit Zählen durfte man Kasperle nicht kommen, er sagte aufs Geratewohl: „Ein Jahr."

„Aber das ist lange. Wie biste denn gereist?"

„Ich habe Purzelbäume geschossen."

„Ein Jahr immerzu?" Das Kasperle, das reden konnte und solche Geschichte erzählen, kam den Kindern sehr sonderbar vor und ein kleiner Junge sagte: „Ist dir denn nicht übel geworden?"

„Sehr übel. Darum habe ich jetzt Hunger und ihr müßt mir jetzt Gröschlein geben, denn ich muß Würstchen essen und Pfannkuchen und Pfefferküchlein."

Aber die Geschichte war den Kindern zu schnell zu Ende. Gröschleins wollten sie schon geben, aber was sehen wollten sie auch. Sie verlangten eine Vorstellung und die beiden Faulpelze, die sich gedacht hatten, sie kämen ohne große Anstrengung zu ihren Gröschleins, mußten sich zum Kaspern bequemen.

„Jetzt fängt der Goasber an."

„Ich heiße Kasperle Peringel."

„Nu ja, Goasber Beringel. Nu fang aber an, sonst laufen wir weg."

Da ließ Kasperle das Streiten um seinen Namen sein und fing an, Grimassen zu schneiden.

Die Kinder lachten erst ein wenig, dann aber, als Kasperle lachte, lachten sie mehr und mehr, und immer lauter tönte das Lachen vor der Kasperlebude.

Auf einmal rief ein Herr: „Du Kasper, bist du wirklich ein Kasper?"

„Das sehnse doch." Kasperle rief es patzig.

„Sei höflich," mahnte der Kasperlemann, „das ist ein Herr, der setzt dich in die Zeitung." Nun kam Kasperle eine Erinnerung an einen Professor, von dem er einst geglaubt hatte, er wolle ihn in Spiritus setzen und er dachte, das wäre etwas Ähnliches. Er brüllte los:

„Ich will nicht in die Zeitung, ich will in keiner Zeitung sitzen!"

„So ein Schafskopf," sagte der Herr.

„Ich bin kein Schafskopf, ich bin ein Kasperle."

„Sei doch still," mahnte der Kasperlemann, „sonst kommst du ja nicht in die Zeitung."

„Ich will nicht in der Zeitung sitzen!" Kasperle machte vor Angst lauter Räuber- und Menschenfresser-Gesichter. Immer eins nach dem andern.

„Warte, ich will dich photographieren," sagte der Herr und richtete seinen Apparat auf Kasperle.

„Er schießt mich, er schießt mich!" schrie Kasperle entsetzt, der von der Kunst der Photographie ebensowenig eine Ahnung hatte wie von der Wichtigkeit einer Zeitung. Kasperle schoß einen Purzelbaum von der Bühne herab mitten unter die Kinder, und da stand er vor dem Herrn und riß dem den Apparat aus der Hand. „Du darfst mich nicht schießen."

„Na höre mal, du bist aber dumm."

„Ich bin nicht dumm, ich bin ein Kasperle."

„Bist du wirklich eins, bist du nicht ein ganz gerissener Schwindler?"

Diese Frage ärgerte Kasperle so sehr, daß er auf einmal seine Zunge, und sie war lang, weit herausstreckte, worüber der Herr so erschrak, daß er samt seinem Apparat, den er eben wieder aufgehoben hatte, hintenüber fiel.

„Eener der Goasber hat die Zunge rausgestreckt," jubelten die Kinder.

„Nochmal!" verlangten etliche.

Aber Kasperle war selbst erschrocken über seine Missetat. Er kobolzte zurück und kasperte oben weiter. Zu seiner Beruhigung verschwand der Herr, der ihn hatte in die Zeitung bringen wollen. Und so kam es, daß von

Kasperle kein Sterbenswörtchen in den Leipziger Zeitungen stand und der Kasperlemann klagte: „Gar keine Reklame."

„Was für 'ne Dame?" fragte Kasperle.

Ach Kasperle, dachte der Kasperlemann, du hast wirklich sehr viel verschlafen. Er sagte es aber nicht laut, denn er hatte Angst, Kasperle könnte noch mehr Dummheiten machen.

Er ließ die Kasperles kaspern und jeden Tag wuchs die Kinderschar und jeden Tag zankte sich Kasperle mit ihnen herum, wenn sie riefen: „Goasber, gomm."

Aber die Gröschlein flogen und Kasperle litt keine Not. Es war merkwürdig, die verwöhnten, an vieles Merkwürdige gewöhnten Großstadtkinder standen wie festgerammt, wenn das Kasperle kam. Wenn er seine Gesichter schnitt, schnitten sie auch welche und wenn er lachte, lachten sie auch. Schlimm aber war es, wenn Kasperle traurig war, das steckte noch mehr an als Gesichterschneiden und Lachen, dann rollten die Tränen und die Taschentüchlein flogen. Und weil Kasperle nie ein Taschentuch hatte, war es allen eine Ehre, wenn Kasperle verlangte: „Gib mir dein's."

Dann flogen Kasperle die Tüchlein zu und Kasperle heulte wie ein kleiner Hofhund und erzählte dazu von seiner geliebten Kasperle-Insel.

„Warum biste nicht mehr dort?" fragten oft die Kinder.

Und Kasperle schwieg. Konnte er erzählen, daß man ihn dort Peringel, den Schlingel, nannte? Nein, da schwieg er lieber. Darum sagte er jedesmal kläglich: „Das weiß ich nicht mehr, das habe ich verschlafen."

„O Kasperle, du Strick!"

Und Bimlim sagte auch jedesmal: „Ich hab's auch verschlafen, aber Peringel war dran schuld."

„Weiß ich nicht, hopple hopp, jetzt wird gekaspert."

Und weg waren Tränen und Kummer, das Lachen tönte über den Platz und die andern Budeninhaber sagten wohl: „Der Kasperlemann hat's gut, seit der die lebendigen Kasper hat, geht's Geschäft."

Die Kasperles im Kino

Auf der Messe war auch ein Lichtspieltheater. Und die Kasperles, neugierig wie die Elstern, beschlossen hineinzugehen. Der Besitzer hatte geboten: „Macht kein Aufhebens, wenn die Kasperles kommen." Er dachte nämlich, die beiden könnten allerhand anstellen. Die beiden gingen also eines Tages mit den besten Vorsätzen in das Theater. Sie wollten ganz gewiß nichts anstellen, ja das wollten sie, aber . . . Als sie in den dunklen Zuschauerraum gelassen wurden, erschraken sie sehr und sie stolperten mit Getöse den Gang entlang.

„Da setzt euch," sagte das Fräulein mit der Lampe.

Ja setzen, wenn man nicht sehen kann.

Auf einmal saß Kasperle einer Dame auf dem Schoß und Bimlim umarmte den dazu passenden Herrn.

„Hilfe, Hilfe, Mörder!" kreischte die Dame. Sie dachte, Kasperle wollte sie umbringen.

Weil Kasperle der Meinung war, zwei schrien immer besser als einer, schrie Kasperle auch um Hilfe, da er nicht wußte, daß er der Übeltäter war.

„Hilfe, Hilfe!" gellte es durch das Theater und ein Diener sprang herzu und drehte das Licht auf. Da saß Kasperle auf dem Schoß der Dame und beide schrien um die Wette.

„Er mordet mich!"

„Mich auch," stöhnte der Herr, den Bimlim immer noch umhalst hatte.

„Ih nee, das tun die Kasperles nicht."

„Kasperles!“ Im Nu sahen so und so viele Kinderköpfe herum, Kinderaugen suchten, Kinderbeine zappelten, um zu Kasperle zu eilen, das ganze Publikum geriet in Unruhe.

„Was, der häßliche Kerl auf meinem Schoß soll ein Kasperle sein?“ rief die Dame. Da schnitt Kasperle, empört über den Zweifel, ein Räuber- und ein Menschenfressergesicht, dabei neues Geschrei der Dame. Endlich setzte der Diener Kasperle und Bimlim neben die schreiende Dame und sagte ein bißchen streng: „Nun still.“

Nun wußten Kasperle, Dame, Bimlim und Herr nicht, wer gemeint war, und darum waren sie alle still, und es wurde wieder dunkel. Aber nicht lange hielt die Stille an, denn auf einmal ertönte Kasperles laute, kreischende Stimme: „’n bißchen lauter, ich kann gar nichts verstehen.“

Kasperle spricht. Wieder drehten sich Kinderköpfe um, wieder zwirbelten Buben- und Mädelbeine und Kindermünder lachten. Kasperle dachte, die Kinoleute sind lebendig. O das blitzdumme Kasperle!

„Lauter!“ schrie nun auch Bimlim. Da sagte der Herr herablassend: „Das sind nur Bilder.“

„Nä,“ sagte Kasperle laut, „die sind lebendig. Da!“ Ein gellender Aufschrei: „Er schießt, er schießt!“

Kasperle fuhr aus dem Stuhle hoch und kreischte: „Mann, sieh doch, Mann, sieh doch, er schießt!“

Ein lautes Lachen brauste durch den Saal und Kasperle sah Bimlim erstaunt an und Bimlim sah ihn erstaunt an.

„Es sind Bilder, mein Sohn,“ sagte der Herr mild.

„Du schwindelst.“ Kasperle war entrüstet, daß ihm der Herr etwas weismachen wollte, und Bimlim war mit entrüstet, der rief: „Schwindelpeter!“

„Du bist ein ganz frecher Junge.“

„Ich bin kein Junge.“

„Na, was denn?“

„Ein Kasperle."

„Stille!" tönte es durch den Saal, „Mund halten!"

„Siehste," sagte Kasperle laut, „du sollst den Mund halten."

Das ging dem Herrn doch über den Spaß und patsch bekam Kasperle eins auf den Mund.

Der arme Herr wußte nicht, was er angerichtet hatte, denn er hatte in seinem Leben noch kein Kasperle schreien hören. Kasperle schrie so, daß nun alle dachten, er werde wirklich umgebracht und Bimlim schrie mit.

Der Diener kam ganz aufgeregt herbei: „Was ist denn los?"

„Er haut mir, er haut mir!"

„Bloß einen Klaps," sagte der Herr verlegen und die Dame sagte milde: „Aber Kasperle, es war ganz sanft."

So war's, und klapp hatte die Dame eins auf dem Mund und sie wollte gleich in Ohnmacht fallen, da sagte Kasperle: „Man muß sie auf den Kopf stellen," und flugs war die Dame wieder munter.

„Ruhe," rief ein ungeduldiger Zuschauer, „nicht so schreien."

„Ich schreie nicht mehr!" Kasperle brüllte, als wären alle stocktaub, und der Diener sagte ganz streng: „Wenn du nicht gleich still bist, dann wirst du nausgestellt."

„Es muß ihm gesagt werden, daß das nur Bilder sind," flüsterte der Herr.

Aber Kasperle hatte das Flüstern doch verstanden und das vermeintliche Geschwindle empörte ihn, er brüllte wieder: „Nä, das sind keine Bilder! Bilder kenne ich, die wackeln nicht, da spuckt man drauf, dann kleben sie."

Ein lautes Gelächter durchbrauste den Saal und das Publikum verlangte, Kasperle sollte an die weiße Wand geführt werden und selbst sehen, daß es Bilder wären.

Der Herr des Lichtspielhauses mußte kommen und Kasperle wurde zur allgemeinen Freude wirklich an die weiße Wand geführt. Das erste, was er tat, war, daß er einen kräftigen Stoß gegen den Bösewicht des Stückes führte: „Das war der, der geschießt hat," schrie er. Zu seiner Verwunderung traf er nur die Wand und keinen Menschen. Da fing er allmählich an zu glauben, daß es wirklich nur Bilder waren. Er ging suchend zu seinem Platz zurück, ein kleines feines Mädchen aber rümpfte die Nase, als Kasperle vorbeiging: „Wie der riecht." Es ging wirklich ein unholdes Düftchen von Kasperle aus. Man konnte schon sagen, er stank.

„Nach was riechst du denn?" fragte die Dame, als er vorbeiging, aber Kasperle wollte sehen und sich nicht unterhalten, er sagte patzig: „Du riechst."

Da drehten sich ein paar Leute um und sagten: „Es riecht wirklich entsetzlich."

„Ich bin's nicht, du bist es," schrie Kasperle zum Entsetzen der Dame.

„Hier hat jemand Käse mit," sagte ein alter Herr.

„Hinter mir ist es," sagte ein Herr, der vor der Dame saß.

„Aber ich bin es nicht."

„Doch, du bist es."

Kasperle war sehr frech. Er steckte ein Käsepaketchen, das er vergessen hatte, dem Kasperlemann abzugeben, der Dame unter den Mantel und sagte wieder: „Du bist es."

Da kam der Aufsichtsbeamte, hielt sich die Nase zu und sagte: „Käse mit ins Kino zu nehmen, ist nicht erlaubt."

„Ich bin's nicht," die Dame stand auf und das Käsepaketchen fiel zu Boden.

„Da ist es," sagte der Aufsichtsbeamte, „was so riecht."

„Es gehört mir nicht," die Dame war wütend und ihr Mann stand auf und sagte: „Wir wollen gehen."

Sie gingen und die Kasperles hatten die Stuhlreihe für sich allein.

„Nun betragt euch anständig," sagte der Aufsichtsbeamte und nahm den Käse mit.

Beinahe hätte Kasperle geschrien: „Mein Käse!" er schwieg aber und saß ganz steif und still auf seinem Platz, denn er hatte ein sehr schlechtes Gewissen.

„Kasperle ist fortgegangen," riefen ein paar Kinder, „wie schade."

Trotz seines schlechten Gewissens hörte Kasperle das gern und er brüllte laut: „Nä, ich bin da, aber der Käse ist fort."

Nun lachten wieder alle und der Aufsichtsbeamte dachte: Warte Kasperle, dich kriege ich noch! Der den Käse gehabt hat, bist du gewesen.

„Stille!" mahnte er, denn Kasperle zeigte nicht geringe Lust, ein Gespräch mit den Kindern zu beginnen.

Da schwieg Kasperle muckstill, denn sein Gewissen war noch wach. Aber ein Kasperlegewissen schläft bald ein und Peringels Gewissen schlief ganz fest ein.

Die Vorstellung ging weiter. Ein Lustspiel löste das Drama ab und plötzlich lachte Kasperle und schrie: „Er hat sich in den Pudding gesetzt!"

Ein Mann hatte sich auf einen Zylinder gesetzt und Kasperle dachte, es wäre ein Pudding.

„Kasperle sei still!"

Aber Kasperle war nicht still. Der lachte und lachte sein echtes freches Kasperlelachen und das steckte an. Erst lachten ein paar Kinder mit, dann Erwachsene, immer mehr lachten und zuletzt dröhnte das Haus wider vom Lachen des Publikums.

Und je mehr die andern lachten, je mehr lachte Kasperle.

So war noch nie in einem Kino gelacht worden und ein dicker Herr rief: „Ich platze!"

„Ich platze auch!" rief eine Dame.

„Ich bin schon geplatzt!" rief Kasperle.

„Wo denn?“ fragten die Kinder.

„An meinem Hösle ist ein Knöpfle abgesprungen.“

Da brauste das Lachen von neuem auf. Der Aufsichtsbeamte wollte „Stille“ rufen, er mußte aber selbst so lachen, daß ihm die Tränen kamen.

Und dem dicken Herrn platzten drei Hosenknöpfe ab und er bat seine Frau um eine Sicherheitsnadel.

„Nun aber still,“ flüsterte der Aufsichtsbeamte Kasperle zu, und weil Kasperles Gewissen wieder aufwachte, hielt er sich selbst den Mund zu.

Da erlosch das freche Kasperlelachen und alle sagten wieder: „Wie schade, Kasperle ist fort.“

„Nä, ich bin noch da.“

„Bleibst du noch?“

„Ja, noch lange.“

„Still.“

Schwupp war Kasperle wieder ganz still. Unheimlich still, dachte nach einer Weile der Aufsichtsbeamte. Was macht er nur?

Das Sehen nach der weißen Wand hatte Kasperle ermüdet und auf einmal sah er, daß Bimlim schlief. Da dachte er, das kann ich auch, schloß die Glitzeräuglein und auf einmal sagte jemand: „Was rasselt nur so?“

„Das ist die Maschine,“ sagte eine andere Stimme.

„Eine Ratte ist's,“ kreischte ein Fräulein.

„Uh je,“ quiekte eine andere.

„Es muß etwas an der Maschine kaputt sein,“ sagte die erste Stimme.

„Es wird doch kein Unglück passieren.“

„Kasperle schnarcht,“ rief der Aufsichtsbeamte und ein lautes Lachen brauste durch den Saal.

Davon erwachten die Kasperles und sie sahen verdutzt um sich, wußten gar nicht, wo sie waren.

„Ausgeschlafen?“ fragte jemand.

„Nä,“ schrie Peringel und Bimlim machte „uah.“

Der Aufseher aber nahm beide Kasperles beim Schlafittchen und führte sie hinaus, denn schnarchen im Kino, das ging nun doch nicht.

Draußen, als die beiden noch recht verdutzt dastanden, sagte er: „Hier ist auch der Käse.“

Eilfertig griff Peringel danach und der Aufseher lachte: „Also, du warst es doch,“ sagte er.

Da merkte Kasperle, daß er sich verraten hatte und er brach in ein ungeheures Gelächter aus.

„Kasperle lacht draußen!“ Die Kinder im Saal sprangen hoch und verlangten, Kasperle solle wieder hereinkommen. Das tat Kasperle gern und beinahe nahm er den Käse wieder mit in den Saal, aber der Aufseher merkte es noch zur rechten Zeit. Das war gut, denn wenn Käse und Kino auch beide *einen* Anfangsbuchstaben haben, so passen sie doch nicht zusammen wie Kasperle und Kino.

Was die Kasperles wert sind

So viele Gröschleins die Kasperles auch einnahmen, für den Kasperlemann langte es doch nicht. Erstens aßen die Kasperles sehr viel und der Kasperlemann war sehr gutmütig, er ließ ihnen viele Gröschleins für Pfannküchlein. Es war nämlich so: je mehr die Kasperles davon aßen, je besser schmeckten sie ihnen. Und wenn Sauerkraut auf dem Tisch stand, verlangte Peringel Pfannküchlein, denn von Sauerkraut bekomme er Magenschmerzen, sagte er. Ob er schwindelte? Der Kasperlemann wußte nicht, wie es in einem Kasperlemagen aussah, und Schmerzen sollte sein Kasperle nicht leiden. Er liebte nämlich seine beiden Kasperles sehr und sagte oft: „Ich wollte, ihr könntet bei mir bleiben.“ Er wollte sie aber nach der Messe zu Meister Drillhose bringen, dem sie doch eigentlich gehörten.

„Haste denn genug Geld, wenn die Messe aus ist?“ fragte Peringel einmal.

„Bleibt ihr doch bei mir.“ Der Kasperlemann seufzte. „Nein,“ sagte er traurig, „dann habe ich immer noch nicht Geld genug. Ich habe Schulden.“

„Was ist denn das, was zum Essen?“

„Nein, etwas sehr Schlimmes.“

„Bauchweh?“ fragte Peringel mitleidig.

„Nein, es ist, wenn man jemand Geld geben muß und es nicht hat.“

„Wird Herr Jemand da böse?“

„Ja, sehr böse. Er nimmt mir meine Kasperlebude weg.“

„Das soll er nicht, wir hauen ihn.“

„Ach, das hilft nichts.“

„Warum hast du denn Schulden?“ Peringel war sehr neugierig.

„Weil ich so lange krank war und all mein Geld für's Krankenhaus hergeben mußte.“

„Haste Bauchweh gehabt?“ Peringel kannte nur die eine Krankheit und er dachte mitleidig, der Kasperlemann hätte gewiß zu viel Pfannküchlein gegessen.

„Ich hatte den Fuß gebrochen.“ Der Kasperlemann deutete auf sein Bein und Peringel sah es neugierig an und fragte: „Ist's von Porzellan?“

Der Kasperlemann wollte gerade dem dummen Kasperle das Beinbrechen erklären, als die Dame aus der Schießbude kam und ein Zeitungsblatt schwenkte: „Da steht etwas drin von den Kasperles.“

Die beiden staunten und der Kasperlemann staunte noch viel mehr, als die Dame las: „Zwei Kasperles verloren gegangen. Sie sind jedenfalls mit einem Flugzeug entführt worden. Wer sie unversehrt wiederbringt, bekommt 500 Mark. Torburg, Meister Drillhose.“

„Hast du Glück!“ sagte die Schießbudendame.

„Unverschämtes Glück!“ sagte der Schlangenmensch neidisch, der dabei stand.

„Ja, bekomme ich denn das Geld?“ Der Kasperlemann war ganz verwirrt.

„Natürlich,“ rief der Schlangenmensch.

„Ist das viel?“ fragte Peringel.

„Sehr viel, damit bin ich aus allen Sorgen heraus.“

„Aber wenn dir jemand die Kasperles fortnimmt? Sie gehören Dir doch nicht,“ meinte die Schießbudendame.

Das war eine Frage. Wer hatte die Kasperles eigentlich gefunden? Es entstand bald ein lebhafter Streit auf dem Meßplatz, wer eigentlich der Finder der Kasperles wäre, denn jeder wollte es gewesen sein, jeder wollte die Belohnung einstecken.

„Wir wollen ausreißen,“ schlug Peringel sein beliebtes Hilfsmittel dem Kasperlemann vor. Und der war damit einverstanden. Es kam ihm am gescheitesten vor, mit den beiden Kasperles heimlich den Festplatz zu verlassen.

Am nächsten Morgen ging ein Zug nach Torburg, mit dem beschlossen der Kasperlemann und die Kasperles abzufahren. „Ihr dürft es niemand verraten,“ sagte der Kasperlemann und die beiden gelobten auch Stillschweigen.

Sie verrieten auch niemand etwas und legten sich am Abend in das Bett, das eigentlich dem Kasperlemann gehörte und das er den beiden abgetreten hatte. Es stand im Budchen und war ein luftiger Schlafplatz, denn nur eine Leinwand trennte es von draußen. Der Kasperlemann selbst hatte sich vorn in dem kleinen Theater ein Plätzchen zurechtgemacht.

„Weck uns auch morgen zur rechten Zeit,“ schrie Peringel mit einer Stimme, die auf dem halben Meßplatz zu hören war.

„Die wollen ausreißen,“ tuschelte der Schlangenmensch einem Chauffeur zu, mit dem er zusammenstand.

„Hätte ich das gewußt, daß eine so hohe Belohnung gezahlt wird, dann hätte ich die beiden gefahren."

„Wollten sie denn?"

„Ja, für 70 Pfennig." Die beiden lachten und auf einmal sagte der Schlangenmensch: „Was nicht ist, kann noch werden." Die beiden tuschelten eine Weile zusammen und dann gingen sie und kauften eine Riesentüte der allergrößten Pfannküchlein.

In der Nacht war es.

Kasperle schlief ganz fest, als ihm auf einmal unversehens ein großer Pfannkuchen in den Mund geschoben wurde, Bimlim geschah das gleiche. Der Pfannkuchen war so groß, daß die beiden beinahe daran erstickten. Sie fühlten, wie sie hochgehoben und weggetragen wurden. Kaum hatte Peringel seinen Pfannkuchen runtergeschluckt, da hatte er schon wieder einen im Munde.

Aber Kasperle war doch ein Held.

Er spuckte in einem großen Bogen aus und begann mörderlich zu schreien.

Flugs wurde er aber in Decken gepackt, daß ihm das Schreien verging.

„Hier schrie doch jemand so," sagte ein Schutzmann.

„Wer spuckt denn hier Pfannkuchen aus?" fragte ein Herr.

„Da ist etwas nicht richtig," sagten alle beide.

In dem Augenblick kam der Kasperlemann gelaufen: „Meine Kasperles sind weg."

„Da vorne in dem Auto hat es geschrien," rief jemand.

„Ich sehe nach." Ein Chauffeur kurbelte an, der Kasperlemann sprang in den Wagen und los ging die Fahrt.

Die Kasperles lagen eine Weile ganz ruhig in ihren Decken und der Schlangenmensch sagte, denn er war es wirklich: „Ich sehe nach, ob ihnen etwas fehlt." Er wickelte also Peringel aus und sah, daß der ganz steif war.

Da bekam er einen tüchtigen Schreck und begann Peringel heftig zu schütteln. Auf einmal klatsch bekam er eine mächtige Ohrfeige und Peringel sprang auf und riß Bimlim in die Höhe und beide kobolzten aus dem Wagen hinaus. Ehe sich der Schlangenmensch und der Chauffeur noch recht besonnen hatten, waren die beiden schon ein Stück die Straße entlang gepurzelbaumt.

Weil Menschen auf der Straße gingen, wagten der Schlangenmensch und der Chauffeur nicht umzukehren und Peringel und Bimlim gingen ganz gemächlich den Weg zurück.

Auf einmal rief jemand: „Da gehen die Kasperles."

Es war der Kasperlemann und die Freude war gegenseitig riesengroß.

„Nun fahr' ich sie gleich nach Torburg," rief der Chauffeur.

Das war allen drei recht, besonders den Kasperles, denn im Auto zu fahren, dünkte ihnen sehr unterhaltsam.

Es ging auch wie der Wind.

Häuser, Menschen, Wälder, Wiesen, Berge, Täler, alles flog vorbei und auf einmal schrie Peringel: „Das kenne ich." Sie fuhren an Schloß Himmelhoch vorbei. Die Kasperles schnitten Gesichter, und wenn sie an menschlichen Wohnungen vorbeikamen, da lachten die Leute. Einmal sangen sie auf der Straße ein Lied, da sang Kasperle mit. Er kannte das Lied, Florizel hatte es gedichtet und Kasperle hatte es vor vielen Jahren gesungen.

Aber das Singen hatte Kasperle noch nie recht gekonnt, er sang noch wie ein altes Scheunentor, wenn es der Wind bewegt, und die Kinder auf der Straße lachten über das Singen. Da schnitt er ein Unhold- und Räubergesicht und geschwind rissen die Kinder aus.

Und endlich kam Torburg. Die erste, die Kasperle erkannte, war Liebetraut Severin, die lief auf den Wagen zu und rief: „Kasperle, wir haben uns alle um dich geängstigt."

„Du auch?"

„Ich auch. Und Marlene war ganz traurig."

„Wo ist Marlenchen?" schrie Kasperle.

„Bei mir heute nachmittag zum Kaffee, komme du auch." Das versprach Kasperle und Liebetraut sagte ganz herzlich, denn ihr gefiel heute Kasperle sehr gut: „Wir freuen uns alle, wenn du ins alte Severinhaus kommst."

„Erst muß ich ihn aber zu Meister Drillhose bringen," sagte der Kasperlemann.

„Und das viele Geld holen," rief Kasperle.

„Weißt du, wer das gegeben hat?" fragte Liebetraut.

„Herr Stopps."

„Ja, Herr Stopps."

„Sind's so viel wie zwei Millionen?" fragte Kasperle.

„Nein, so viel lange nicht. Ach, wenn man so viel Geld hätte."

„Hast du kein Geld?" Kasperle holte zwei Gröschlein aus der Tasche.

„Da, die schenke ich dir."

Liebetraut Severin lachte über das Geld und das dumme Kasperle machte ein trauriges Gesicht: „Warum hast du kein Geld? Meister Severin hatte doch so viel Geld," sagte er traurig.

„Er hatte keins," antwortete Liebetraut nachdenklich.

„Doch, in dem kleinen Kasten im Schlafzimmer, da steckt viel Geld." Kasperle sah sich auf einmal wieder wie einst im alten Severinhause herumtollen und sah Meister Severin vor seinem Geldfach stehen.

„Kasperle," rief Liebetraut, „du findest bei uns vielleicht noch einen Schatz, das wäre schön, dann brauchte sich mein Vater nicht so zu sorgen."

Kasperle gab merkwürdigerweise keine Antwort. Er machte nur ein erschrecklich schlaues Gesicht, so, als jagten sich die Dummheiten in seinem Kasperlekopf.

„Nun aber schnell zu Meister Drillhose." Der Kasperlemann hatte es eilig.

Da raste das Auto davon und hielt wenige Minuten später vor dem Haus, in dem Meister Drillhose wohnte.

Da liefen dann alle Leute in der Gasse zusammen, als es hieß: „Die Kasperles sind wieder da."

Das war eine Freude, denn alle hatten schon geglaubt, die Kasperles wären nach Amerika entführt worden.

Der Kasperlemann bekam seine 500 Mark, die er mit dem Chauffeur teilte, und alle beiden sagten froh, nun hätten sie keine Angst vor dem Winter.

Kasperle schenkte ihnen noch seine beiden Gröschlein und glaubte wunder wieviel Geld er gegeben hätte.

Am Nachmittag aber gingen die Kasperles zu Severins in das alte Severinhaus am Kirchplatz und dort wurde Kasperle mit großem Hallo und großer Freude empfangen.

Das tat wohl.

Kasperle kam sich ungeheuer wichtig vor, als alle ihn mit dem Ruf begrüßten: „Da bist du ja endlich wieder im alten Severinhause."

Kasperle saß wie einst am runden Tisch. Und die um ihn herumsaßen, waren Liebetraut und Rosemarie Severin, Prinzessin Marlenchen, Henry Stopps und die beiden Prinzen, der richtige Prinz und der Kasperleprinz. Und mit allen war Kasperle an diesem Nachmittag gut Freund, denn alle hatten sich um ihn gesorgt und Sorge knüpft feste Bande. Alle waren froh, Kasperle wieder zu haben, und Kasperle und Bimlim mußten erzählen, was sie alles gesehen und erlebt hatten. Kasperle aß und trank, füllte sein

Bäuchlein und schwatzte wie eine Elster, da sagte Herr Severin: „Kasperle, weißt du nicht, wo hier im Hause ein Schatz liegt? Es soll einen geben."

„Da." Kasperle deutete mit beiden Händen auf einen Wandschrank. Reden konnte er nicht, er hatte zu viel im Munde.

„In dem Schrank ist meine Wäsche," sagte Frau Severin.

„Da – da drin." Kasperle konnte noch immer nicht sprechen, er zappelte mit Armen und Beinen.

Da ging Frau Severin und schloß den Schrank auf, er lag voll Tischwäsche. Aber Kasperle sprang wie ein Blitz auf, hin an den Schrank und alle Wäsche lag am Boden und nun sahen es alle: der Schrank war doppelt, dahinter war noch ein Schrank.

„Der Schatz!" schrien alle.

Und dann sagten alle enttäuscht: „Ach Kasperles!"

„Das bin ich," schrie Kasperle.

Er war es auch. Frau Severin holte zwei Kasperles aus dem Schrank, es waren die letzten, die einst Meister Friedolin geschnitzt hatte, darunter lag sein ganzes Schnitzzeug und eine Geige.

„Auf der hat Meister Severin gespielt," rief Peringel.

„Ich will einmal darauf spielen," bat Rosemarie.

„Halt, laßt mal sehen, was noch im Schranke ist." Frau Severin nahm alles heraus aus dem Schrank. Außer den zwei Kasperles, der Geige und dem Schnitzzeug standen noch ein paar silberne Patenbecher und ein Kästchen drin. Es enthielt nur ein Bild in einem kleinen Goldrahmen und Kasperle schrie los: „Das ist der Herzog." Das Bild mochte der alte Herzog einst Meister Severin geschenkt haben. Ein Beutelchen mit ein paar Goldstücken fand sich auch noch in dem Schrank, mehr nicht.

„Das ist der ganze Schatz," sagten alle enttäuscht.

Nur der Herr Severin sagte nichts, er sah nachdenklich drein und prüfte die Schnitzmesser mit der Hand.

„Schade, wir hätten den Schatz so gut gebrauchen können.“ Frau Severin sah betrübt drein, aber ihr Mann nahm ihre Hand und sagte fast feierlich: „Das ist auch ein Schatz.“

„Wieso, die Geldstücke sind doch nicht mehr viel wert?“

„Man kann auch einen Schatz finden ohne Geld. Der Schatz liegt hier auch in der Arbeit. Ich habe mir gedacht, ich möchte etwas tun mit meinen kranken Augen, nun weiß ich, ich werde Holzschnitzer wie Meister Friedolin.“

„Schnitze mich auch,“ sagte Kasperle eifrig.

„Ja, dich zuerst. Wenn ich dich herausbringe, dann kann ich auch andere Sachen.“

„Fang an.“ Kasperle meinte, es müßte nun auch schnell gehen. Und wirklich nahm Herr Severin wie Meister Friedolin das Schnitzmesser zur Hand und begann an einem Stück Schnitzholz, das auch im Schranke lag, zu schnitzen. Mit seinen schwachen Augen konnte er die Arbeit leidlich sehen, und was er nicht sehen konnte, begann er zu fühlen.

Kasperle meinte, es sei wie damals, als Meister Friedolin ihn geschnitzt hatte, und als Rosemarie die Geige nahm, die noch eine Saite von Meister Severin hatte, da klang es wie einst, wenn das Michele spielte.

„Es wird etwas aus dir, wenn du fleißig bist,“ sagte der Vater.

„Das will ich schon auf Urgroßvaters Geige,“ antwortete Rosemarie, die bis dahin ein kleiner Faulpelz gewesen war. „Ich habe nun auch einen Schatz.“

Das wurde noch ein gemütlicher Nachmittag. Alle saßen um den Vater herum und sahen das Kasperle entstehen und Kasperle aß wegen der Anstrengung des Modellstehens ein Stück Kuchen nach dem andern.

„Aber Kasperle, du ißt zu viel Kuchen,“ sagte Liebetraut.

„Erst zwölf Stück,“ schrie Kasperle, „oder hundert.“

„Kasperle, du mußt zählen lernen," sagte Liebetraut. „Du bist zu dumm: Paß auf, ich bring' dir's bei, Paß mal auf, hier sind fünf Portionen, nun zähl' mal eins, zwei, drei."

Da waren schon alle fünf in Kasperles Mund verschwunden und Bimlim rief aufgeregt: „Ich will auch zählen lernen."

„Aber mit Bohnen," meinte Liebetraut.

Doch damit waren die Kasperles nicht einverstanden und endlich gab Frau Severin Birnenschnitze her. Damit lernten sie das Zählen. Und erstaunlich genug, als Herr Severin mit seinem Kasperle nach zwei Stunden fertig war, konnte Kasperle schon bis sechs zählen, weiter ging es nicht. „Wenn du morgen wiederkommst, dann gebe ich dir weiter Stunde."

„Mit Birnenschnitzen," rief Peringel, aber Bimlim verlangte Schokolade.

„Das geht nicht, das ist zu teuer."

„Wir legen unser Geld zusammen," schlug Marlene vor, „davon kaufen wir Zuckerles und Kasperle und Bimlim lernen dann zählen."

„'ne Million," schrie Kasperle und stopfte den letzten Birnenschnitz in den Mund.

Das war aber allen zu viel. Eine Million Zuckerles, wer sollte die bezahlen!

„Ein Pfund ist genug," sagte Marlene.

„Das ist noch zuviel," meinte Liebetraut.

Aber Kasperle fand nichts zuviel, und er erzählte von riesengroßen Zuckertüten, die er vor hundert Jahren ausgegessen hatte.

„Und nun ist Kasperle fertig," sagte auf einmal Herr Severin und alle sahen voll Bewunderung das geschnitzte Kasperle an. „Nun geht das auf den Jahrmarkt," sagte Kasperle, „und ich bleibe zu Hause."

„Wo denn zu Hause?" fragte Bimlim traurig.

„Hier," schrie Kasperle.

„Ja, im Severinhause," riefen alle. „Wir gehen zu Meister Drillhose und bitten ihn. Und da, das nehmt mit, seht, was draufsteht." Frau Severin hielt den Beutel mit Goldstücken hoch, auf diesem stand: Kasperles Eigentum.

„Das gehört Kasperle," riefen alle. „Das gibt er Meister Drillhose und bleibt bei uns."

Kasperle staunte den Beutel an. Ein dunkles Erinnern kam ihm, daß den Mr. Stopps ihm mal geschenkt hatte.

„Ich habe nichts," klagte Bimlim.

„Du bist doch dumm, was mein ist, ist auch dein. Und da du allein nicht kaspern kannst, muß Meister Drillhose uns beide freilassen."

„Wollt ihr nicht mehr auf Jahrmärkte gehen?" fragte Herr Severin.

„Nä," schrie Kasperle, „das ist zuviel!"

Da kam es denn heraus, daß das Leben und Treiben auf der Leipziger Messe die beiden so verwirrt hatte, daß sie alle Lust am Kasperlespiel verloren hatten.

Wer das nicht einsehen wollte, war aber Meister Hirsebrei. Der wollte und wollte sein Kasperle nicht freilassen und Kasperle mußte alle seine Goldstücke hergeben, um die Meister beide dahin zu bringen, ihn in das Severinhaus ziehen zu lassen.

Aber an einem schönen Festtag hielten Kasperle und Bimlim dort ihren Einzug und Meister Hirsebrei spielte an dem Tage mit Kasperles, die Herr Severin geschnitzt hatte, auf dem Jahrmarkt in Neustadt. Die geschnitzten Kasperles spielten beinahe so gut wie das echte Kasperle und Meister Severin bekam so viele Bestellungen wie einst Meister Friedolin. Aber er schnitzte nicht nur Kasperles. Für die Kirche in Torburg schnitzte er einen neuen Altar, ein feines Werk, eine Rosenhecke von zarter Schönheit, das seinen Namen berühmt machte. So hatte er wirklich im alten Schrank einen echten Schatz gefunden, eine Lebensarbeit, und das nur, weil Kasperle sich auf den Doppelschrank besonnen hatte. Kasperle und Bimlim verlebten gute Tage im Severinhaus. Marlene, Herr Stopps und

Prinz August sorgten dafür, daß die Kasperles immer suppsatt wurden und nie Not litten. Manchmal kasperten die Kasperles auch auf dem Kirchplatz wie in alter Zeit und beide waren bald so bekannt in Torburg wie einst Peringel. Jeder Autokutscher kannte sie und manchmal fuhr Kasperle mit im Land oder in der Stadt herum. Und wenn Fremde nach Torburg kamen, zeigten die Dienstmänner das Haus, in dem die beiden echten Kasperles wohnten.

Aber so recht glücklich waren die beiden doch nicht.

Um sie herum hatten alle ein Leben der Arbeit. Liebetraut ging in das Gymnasium, Rosemarie spielte Geige, Henry Stopps und Prinz August waren so fleißige Schüler wie Liebetraut, sie wollten alle drei studieren. Und die Erwachsenen hatten alle ihre Sorgen und Arbeit. Da kamen sich die beiden Kasperles manchmal recht überflüssig vor. Sie hatten keine Arbeit, denn auf die Jahrmärkte ziehen wollte hauptsächlich Bimlim nicht. Da erwachte in ihnen oft die Sehnsucht nach der Heimat, aber Peringel sagte stets: „Ich kann doch nicht zurück, ich hab's versprochen."

„Du warst dumm," sagte Bimlim.

„Nä, klug, immer klug."

Sie stritten sich jeden Tag und versöhnten sich wieder, waren froh, daß sie einander hatten, denn zu zweit in der Fremde ist immer ein besser Ding als mutterseelenallein. Es war aber das alte Lied. Um sie herum wuchsen die Kinder und wurden größer und verständiger, und sie blieben die kleinen dummen Kasperles. Das war nicht schön, und die beiden fingen an, sich zu grämen, als sich auf einmal ihr Schicksal wandelte; ganz merkwürdig war es, wie es geschah.

Eine ganz kuriose Geschichte

Zwei Jahre lebten die Kasperles im alten gemütlichen Severinhaus. Da stand an einem Spätsommertag ein Matrose vor einem Spielwarenladen in Hamburg. Er sah darin zwei Kasperles ausgestellt: Peringel und Bimlim, darunter stand: „Nach lebendigen Kasperles geschnitzt von Meister Severin.“ Neben dem Matrosen stand ein Engländer, der auch die Kasperles ansah. Der Engländer hatte, wie einst Mister Stopps, einen kleinen Spleen, auf deutsch einen kleinen Klaps.

Der Engländer sah auch die Kasperles an, und da er Spielzeug sammelte, obgleich er keine Kinder hatte, sagte er auf einmal laut: „Die will ich kaufen.“

„Nein, ich,“ schrie der Matrose.

„O no, ich habe es zuerst gesagen.“

„Ich gedacht.“

„Denken gilt nichts in der Welt.“

„Doch, mir gehören sie.“

„Mich.“

„Nein, mir.“

„Mich.“

Die beiden stritten miteinander und plötzlich begannen sie zu boxen. Puff, puff, ging das, Schlag auf Schlag. Und dabei schrien sie immer: „Mir“, „mich“, „mir“, „mich“.

„Ruhe!“ rief ein Schutzmann.

„Mich sein die Kasperles.“

„Ich hab’s zuerst gedacht, ich will sie kaufen.“ Das Streiten zwischen Engländer und Matrose lockte Zuschauer herbei und ein alter Mann sagte: „Sie sind alle beide verrückt.“

„Bitte schön, ich bin nicht verrückt.“ Der Matrose hörte zu boxen auf und der Engländer hörte auch auf. Beide sagten wieder wie aus einem Munde: „Mir gehören die Kasperles.“

„Mich gehören sie.“

„Welche Kasperles?“ Der Schutzmann machte große Augen vor Erstaunen und alle Leute, die darum herumstanden, fragten lachend: „Welche Kasperles?“

„Die da im Laden stehen.“

„Wo stehen welche?“

„Dort im Laden.“

„Wo?“

Da sahen Matrose und Engländer hin, aber die beiden Kasperles waren weg.

„Sie sind gestohlen worden,“ riefen beide.

„Ih wo, am hell-lichten Tage aus ’nem verschlossenen Ladenfenster, wer soll denn da Kasperles stehlen?“

Die beiden rannten in den Laden hinein und riefen: „Wo sind die Kasperles?“

„Eben verkauft.“ Der Herr des Geschäfts rieb sich die Hände. Er hatte wohl gesehen, wie sich die beiden gestritten hatten, und er war froh, daß ein Dritter die beiden Figuren gekauft hatte, denn boxende Käufer in seinem Laden schätzte er nicht.

„Wer haben sie gekauft?“ fragte der Engländer, während der Matrose leise einen Angestellten etwas fragte.

„Der Herr, der da eben um die Ecke biegt.“

Im Umsehen war der Engländer draußen und rannte dem Herrn nach, während sich der Matrose drinnen im Laden die Adresse von Meister Severin geben ließ. Er ging dann hinaus, setzte sich in ein Auto und sagte: „Nach Torburg.“

„Wo liegt denn das?“

„In Franken.“

„Also dann fahren wir mal los.“

Und sie fuhren los.

Inzwischen war der Engländer dem Herrn nachgelaufen, der die Kasperles gekauft hatte, und schon war er ihm nahe, als der in ein Auto stieg und ihm heidi hoppsassa an der Nase vorbeifuhr.

Da stand der Engländer auf der Straße und sah sich dumm um.

„Was wollten Sie denn von dem Herrn?" Ein Schutzmann fragte und der Engländer mit seinem Spleen gab Antwort.

„Um ein paar Holzkasperles so 'n Gestürme," sagte der Schutzmann, „das ist dumm."

„Das sein nicht dumm und er sein grob, zu mich das zu sagen."

„Nee, man 'n bißchen still, nicht so schreien, um so ein paar Holzkasperles macht man nicht so 'n Wesen. Gehen Sie doch in den Laden und bestellen Sie ein paar andere."

Der Engländer klappte vor Verwunderung seinen Mund auf und zu, und als er ihn wieder auf hatte, sagte er: „Das sein einfach."

„Na, ich denke."

Der Engländer kehrte wieder in den Laden zurück und erfuhr dort, daß die Vorbilder der Kasperles lebendig wären und in Torburg wohnten. „Ein Auto," schrie er, „ich will hinfahren."

„Das hat der andere auch schon gesagt."

„Uer?"

„Na, der Matrose, mit dem Sie geboxt haben."

„Schnell, o schnell, er wird sie mich wegnehmen."

Und Mr. Steeplechose setzt sich in ein Auto und fuhr dem Matrosen nach Torburg nach.

Der hatte aber einen guten Vorsprung und kam eher an. Er ließ sich vor das Severinhaus fahren und wollte dort gerade in den Hausflur treten, als Kasperle und Bimlim herausgepurzelbaumt kamen. Bums, da saßen sie alle drei auf der Erde, und der Matrose sagte: „Ihr seid es wirklich, Kasperle Peringel und Prinz Bimlim?“

„Woher kennst du uns denn?“ riefen die.

„Ich soll euch Grüße bringen und euch holen.“

„Von wem? Wohin denn?“

„Von der Kasperleinsel!“

Heisa, da saßen beide, die gerade aufstehen wollten, wieder auf dem Hosenbödle und beide schrien: „Das ist nicht wahr!“

„Ist doch wahr, ich war dort.“

„Wie denn dort?“

„Na, ich bin mit einem Schiff hingefahren und hingeschwommen.“

„Haben sie nicht mit einer Lachkanone geschoßt?“

„Die ist kaputt.“

„Und König Tolu?“

„Ist tot. Aber immer können wir doch nicht im Hausflur sitzen bleiben, kommt mit hinein zu Meister Severin, der euch geschnitzt hat, da will ich alles erzählen.“

Das gab drinnen ein großes Verwundern, als sie hörten, hier komme einer, der auf der Kasperleinsel gewesen sei. Und was erzählte er? König Tolu wäre tot und die Kasperles wollten durchaus Peringel, den Schlingel, zum König haben, der hätte ihnen so gut gefallen. Freilich müßte Prinz Bimlim, wenn der noch am Leben wäre, seine Erlaubnis geben. Der schrie gleich: „Meinetwegen, Peringel soll König sein, mir ist das zu anstrengend.“

Kasperle aber schüttelte den Kopf, er glaubte die ganze Geschichte nicht, und der Matrose mußte erst einen Brief vorzeigen, in dem stand, daß sie einen König brauchten. Das war nun ein echter Kasperlebrief. Statt Worte waren es Bilder. Da war ein Bild, auf dem alle Kasperles nach der leeren Königsschaukel zeigten, und eins, da standen sie alle am

Meeresstrand und winkten einem Schiff zu. Kasperle erkannte aus den Bildern, daß sie ihn wirklich zum König haben wollten. Und wie er noch die Bilder besah, zeigte Jan, so hieß der Matrose, einen Beutel Reisegeld für die Kasperles. Und wenn er sie brächte, bekäme er noch einen viel größeren Beutel mit Geld und Perlen, erzählte der Matrose.

Indem sie noch redeten, kam Mr. Steeplechose angefahren. Er machte ein großes Geschrei vor dem Hause und rief mit lauter Stimme: „Ich will die Kasperles sehen."

Da streckte Peringel den Kopf zum

Fenster hinaus und rief: „Hier wohnen keine Kasperles."

„Oh, du sein doch einer."

„Nä."

„Wer sein du denn?"

„Ein König." Und Peringel, der Schlingel, streckte, so weit er konnte, die Zunge heraus.

Das paßte sich nun gar nicht für einen König, alle sagten es und Kasperle schämte sich gewaltig. Und weil Mr. Steeplechose nicht aufhörte mit dem Ruf: „Ich will die Kasperles sehen!" ging Jan hinaus und boxte so lange mit ihm, bis Mr. Steeplechose braun und blau geschlagen davonfuhr. Erst als er wieder in Hamburg war, fiel ihm ein, daß er doch Meister Severin nach Holzkasperles hatte fragen wollen.

Kasperle ein König! Peringel, der Schlingel, König der Kasperleinsel! In Torburg erzählten es sich die Menschen auf der Straße und alle fragten einander: „Wird er denn gehen? Will er uns verlassen?" Das war eine schwere Entscheidung für die Kasperles. Bimlim wurde es nicht so schwer, der wäre gern im Menschenland geblieben, denn er kannte die Kasperleinsel kaum noch, die liebe, schöne Insel im blauen Meer mit all ihren Blumen.

Und Kasperle überlegte und überlegte, und kam zu keiner Entscheidung. Viele redeten zu, viele rieten davon ab.

Am dritten Tage ging Kasperle zu Prinzeß Marlenchen. Es putzte sich, so fein es konnte, zog seine neuen Hösles an und wusch sich sogar dreimal die Hände. Es ließ sich von Meister Severin Geld geben, kaufte einen großen Blumenstrauß bunt wie ein Kasperlerock, ging damit zu Prinzeß Marlenchen und fragte sie frank und frei, ob sie seine Frau werden wolle. Er wäre ein König und müßte doch eine Königin haben.

Aber Marlene wollte keine Kasperlekönigin werden, sie sagte, sie wolle lieber in Deutschland bleiben und etwas lernen.

Das war ein bitterer Schmerz für Peringel. Er heulte ganz fürchterlich und Marlenchen hatte Mühe, ihn zu trösten. Schließlich kam sie auf den Einfall, Pfannküchlein holen zu lassen. Davon aß Peringel sechzehn Stück und ließ das Heulen sein.

Also Marlenchen wollte nicht mit. Es fanden sich andere Kinder, die gerne mitgewollt hätten, aber Jan sagte, dazu hätte er keinen Auftrag. Und dann wollten die Eltern ihre Kinder auch nicht nach der Kasperleinsel schicken. Da war nichts zu machen.

Und an einem wunderschönen Oktobertag reisten die Kasperles doch nach ihrer Heimatinsel ab. Sie fuhren mit einem Luftschiff, obgleich Kasperle sehr große Angst vor dem Übelwerden hatte. Und vor dem Herausfallen auch. Aber König Peringel wurde festgebunden, damit er nicht wieder auf einem Strohhaufen landete.

Ganz Torburg lief zusammen, um Abschied zu nehmen. Und jeder brachte ein paar Pfannküchlein und schließlich war das ganze Luftschiff voll und die Kasperles aßen und aßen und darüber verging ihnen das Übelwerden. Ein Zeichen, daß Pfannküchlein gut sind bei Luftfahrten.

Nach ein paar Wochen kamen die Luftschiffer zurück. Die Kasperles waren mit großer Freude im Kasperland aufgenommen und Peringel war gleich zum König ausgerufen worden. Die Kasperles waren nur traurig, daß Marlenchen nicht mitgekommen war, sie dachten, es wäre noch das kleine Menschenmädchen, das einstmals bei ihnen war, denn auf ihrer glücklichen Insel vergeht ihnen schnell genug die Zeit.

König Peringel sandte auch an Meister Severin einen großen Beutel voll Gold und Perlen, und der gab davon Meister Drillhose, Madame Käsewurm, Meister Hirsebrei und dem Kasperlemann von der Leipziger Messe, damit die keine Not mehr zu leiden brauchten.

Ob wohl Kasperle manchmal Sehnsucht hat nach dem lieben Deutschland? Ganz sicher, aber er wird dann seinen Untertanen etwas vorkaspern und sich über die Sehnsucht trösten.

Ob er einmal wiederkommt?

Wohl kaum.

CPSIA information can be obtained
at www.ICGtesting.com
Printed in the USA
LVHW060915281122
734044LV00011BA/388

9 783988 281838